Oscar classici moderni

Dello stesso autore
nella collezione Oscar

L'Airone
Il giardino dei Finzi-Contini
Dentro le mura
Dietro la porta
L'odore del fieno
Il Romanzo di Ferrara

Giorgio Bassani

IL ROMANZO DI FERRARA

Libro secondo

GLI OCCHIALI D'ORO

OSCAR MONDADORI

I edizione Oscar Mondadori aprile 1970
I edizione Oscar classici moderni settembre 1996

ISBN 88-04-49292-9

Questo volume è stato stampato
presso Mondadori Printing S.p.A.
Stabilimento NSM - Cles (TN)
Stampato in Italia - Printed in Italy

Ristampe:

8 9 10 11 12 13

2002 2002 2003 2004 2005

www.mondadori.com/libri

Giorgio Bassani

La vita

Ci sono scrittori che la realtà scelgono di indagarla usando una chiave di lettura preferenziale. E cioè insistendo su un tema-simbolo, un motivo agglutinante da cui non possono o non sanno separarsi: il denaro, il mare, il sesso, il labirinto. Giorgio Bassani è uno di questi scrittori. E il suo tema-simbolo se l'è andato a trovare in una città: Ferrara. Che ha iniziato a scoprire avendo negli occhi anzitutto le tele che gli amici pittori o storici dell'arte gli andarono mostrando nell'età giovanile.

A Ferrara tuttavia Bassani non c'è nato. È nato invece a Bologna nel 1916 da una ricca famiglia di religione ebraica (il padre Enrico era uno stimato e conosciuto medico chirurgo). Ferrara è la città dei genitori, che in via Cisterna possedevano un antico appartamento dagli alti, grandiosi soffitti. In questa città il futuro scrittore compie l'intero corso degli studi inferiori e superiori coltivando nel frattempo una fervida passione per la musica. La passione per la letteratura nasce più tardi, a diciassette anni; è la passione più duratura. Dopo avere conseguito presso il Liceo Guarini la maturità classica, Bassani non a caso si iscrive nel 1934 alla facoltà di lettere di Bologna, dove ha per maestri alcuni dei più illustri esponenti della cultura di allora, fra i quali Carlo Calcaterra e Roberto Longhi.

In quegli anni, stringe amicizia con alcuni giovani letterati e poeti che a diverso titolo hanno lasciato un'impronta nella storia della letteratura italiana contemporanea: Attilio Bertolucci, Lanfranco Caretti (anch'egli ferrarese e studente a Bologna), Gaetano Arcangeli, Augusto Frassineti. Nel medesimo periodo si appassiona alla lettura di Ungaretti, e in particolare ai «versicoli» dell'*Allegria*, un libro che ha avuto su di lui come su molti autori della sua generazione un effetto di vera rivelazione: è il libro che viene a riassumere metaforicamente la modernità, per non dire «l'Arte» *tout court*.

Le leggi razziali promulgate nel 1938 hanno intanto scatenato una serie di persecuzioni che colpiscono fra le tante famiglie ebraiche anche quella di Bassani. La crisi è tremenda. Di colpo, un mondo sino ad allora dominato dal benessere va in frantumi: spostarsi diventa difficile, mantenere i rapporti con gli altri membri della comunità sempre più pericoloso. Da tale crisi lo scrittore non si lascia tuttavia sopraffare: reagisce anzi attivamente, impegnandosi in un serio esame di coscienza che lo aiuta a comprendere le contraddizioni della società israelitica ferrarese nella quale è cresciuto.

Dopo la laurea, conseguita nel '39 con una tesi su Tommaseo discussa con Calcaterra, Bassani si dedica all'insegnamento. Nel contempo, si avvicina alle idee liberalsocialiste e svolge attività di propaganda antifascista al fianco di quel gruppo di intellettuali che aderirà poi al rinato partito d'azione. Arrestato nel 1942, rimane in carcere per un intero anno, fino alla caduta del fascismo. I primi di agosto del 1943 sposa Valeria Sinigallia, dalla quale ha avuto poi due figli, Enrico e Paola. Parte subito dopo per Firenze, e qui rimane per alcuni mesi vivendo sotto falso nome, per trasferirsi in seguito a Roma, dove prende parte alla Resistenza tra le fila di Giustizia e Libertà. I parenti rimasti a Ferrara invece finiscono per lo più nei campi di sterminio di Buchenwald.

Nell'immediato dopoguerra Bassani è costretto, per vivere, a fare un po' di tutto: è fra l'altro avventizio in un ministero, bibliotecario, insegnante di lettere prima all'Istituto Nautico di Napoli, poi a Velletri. Tra la fine degli anni Quaranta e gli inizi dei Cinquanta collabora inoltre alla stesura di una dozzina di sceneggiature cinematografiche: un'esperienza marginale che gli giova nondimeno nel tentativo di liberarsi dai moduli della prosa d'arte che caratterizzavano le prime prove narrative.

Negli stessi anni ha inizio una intensa collaborazione con alcuni dei principali periodici di cultura o di informazione. Redattore dal 1948 della rivista internazionale «Botteghe oscure» fondata da Marguerite Caetani, scrive su «Paragone», «l'Approdo», «Emporium», «Lo spettatore italiano», «La Fiera letteraria», «Il Mondo», «Letteratura», «Nuovi Argomenti», «L'Europa letteraria», «Il Corriere della Sera», «Il Giorno», «L'Espresso». Consulente e direttore editoriale di gran fiuto, ha lavorato a lungo presso la casa editrice Feltrinelli, promuovendo fra l'altro la pubblicazione di *Il gattopardo* di Giuseppe Tomasi di Lampedusa, uno dei primi romanzi italiani di successo. Per un certo tempo vicepresidente della Rai e presidente di «Italia nostra», è stato inoltre docente di Storia del teatro presso l'Accademia nazionale di arte drammatica di Roma.

Le opere

Nella sua lunga attività di narratore e di poeta, Bassani è rimasto fedele a un nucleo compatto di temi che ha ripresentato in modo costante approfondendoli di opera in opera. Al centro di tale nucleo vi è anzitutto l'interesse per la dimensione sepolta della memoria, che l'autore scandaglia secondo modi che rinviano a una linea di ricerca di primaria importanza nel nostro secolo. D'altra parte, Bassani non cerca nella memoria un mezzo che riconduca in vita il passato, destinato ai suoi occhi ad andare perduto per sempre; vi cerca piuttosto uno strumento che permetta di ravvivare la riflessione critica offrendo alla discussione materiali attinti alla vita reale, anche biografica.

A sorreggerlo è la convinzione che la letteratura debba suscitare problemi, e pertanto porre l'attenzione sugli elementi di contraddizione che caratterizzano la condizione umana nella società moderna. Come spesso avviene, la parte dunque allude al tutto, il particolare all'universale: il microcosmo che Bassani si è così gelosamente ritagliato, e che peraltro ricostruisce con cura realistica, non è infatti che la riproduzione in scala ridotta del macrocosmo, del mondo in cui con fatica gli individui intessono i loro rapporti ostacolati dal destino di solitudine che grava su di loro.

Il debutto avviene nel 1940 con un libro di racconti intitolato *Una città di pianura*, che a causa delle leggi razziali esce con lo pseudonimo di Giacomo Marchi. Il volume si impone all'attenzione soprattutto per l'elegante levigatezza dello stile che rinvia alle consuetudini espressive della prosa d'arte di stampo cardarelliano. È tuttavia alla lirica che Bassani si volge di preferenza in questa prima fase della sua attività, ed è del resto in essa che inizialmente offre le prove migliori. Nell'arco di pochi anni pubblica tre volumi di versi: *Storie dei poveri amanti* nel 1945, *Te lucis ante* nel '47 e *Un'altra libertà* nel '52. Nel 1963 esce la raccolta antologica *L'alba ai vetri (Poesie 1942-1950)*. Sono testi che risentono in modo palese dell'influenza della sensibilità ermetica che induce l'autore a trasfigurare letterariamente la propria magmatica esperienza interiore in una liricità concisa, illuminata da «barlumi» e «segni fulminei». Di originale in questi versi vi è nondimeno la maestria tecnica con la quale Bassani, come ha osservato Massimo Grillandi, sa innalzare al livello dell'alta poesia «anche gli elementi più consunti della cronaca privata e corale».

Negli anni Cinquanta, Bassani avverte tuttavia il bisogno di rimettere in discussione la propria formazione «prevalentemente intellettuale» (Ferretti); bisogno che lo porta a tentare un rapporto più serrato con il mondo esterno e conseguentemente ad avventurarsi con maggiore convinzione di quanto avesse fatto sino ad allora sulla strada della prosa narrativa. Benché la preferenza vada ancora alla misura breve, rispetto al libro d'esordio le differenze saltano all'occhio. Benché permangano i residui di un periodare elaborato di natura aristocratica, l'autore infatti si apre in questo periodo a una narratività distesa che più da vicino riflette i conflitti che separano drammaticamente la realtà interna all'io e quella a esso esterna, il mondo, la storia. Tale rinnovamento di contenuto è avvertibile già nei tre racconti riuniti in *La passeggiata prima di cena*, del 1953: "Storia d'amore" (apparsa in una versione diversa e con il titolo "Storia di Debora" in *Una città in pianura*), "La passeggiata prima di cena" e "Una lapide in via Mazzini". La raccolta è stata riproposta nel '56 con il titolo *Cinque storie ferraresi* e l'aggiunta di due racconti: "Gli ultimi anni di Clelia Trotti" (già pubblicato autonomamente l'anno prima) e "Una notte del '43". Una nuova edizione viene pubblicata nel '60 con il titolo *Le storie ferraresi*, arricchita di altri due brevi testi: "Il muro di cinta" (scritto nel '46) e "In esilio" (composto invece nel '56).

Ma il nuovo indirizzo della ricerca di Bassani dà il suo primo valido frutto proprio in *Gli occhiali d'oro*: un romanzo breve apparso nel 1958 (poi anch'esso inserito in *Le storie ferraresi*) che racconta la vicenda drammatica di un medico veneziano di successo, Athos Fadigati. Trasferitosi dalla Serenissima nella città degli Estensi, costui gode della stima dell'alta borghesia locale. Tra i suoi clienti vi sono in effetti i membri delle migliori famiglie del luogo. Il suo prestigio va tuttavia rovinosamente diminuendo a mano a mano che si diffondono le voci intorno alla sua omosessualità. La situazione precipita dopo una vacanza estiva trascorsa sull'Adriatico, durante la quale il protagonista ha una relazione tormentata con il giovane e sfrontato Eraldo Deliliers. A riferire gli eventi è un giovane intellettuale ebreo, amico per l'appunto di Deliliers, che conosce nel corso del racconto una significativa maturazione. Il suo punto di vista viene ribaltandosi con il progressivo irrobustirsi della sua coscienza storica e morale. Inizialmente avverso al medico per la sua diversità sessuale, egli si sente via via sempre più vicino a lui. Ad affratellare i due personaggi è difatti un comune destino di solitudine e di emarginazione che, pur avendo all'origine cause diverse, di indole sessuale in un caso e religiosa nell'altro, si traduce nel concreto in un analogo senso di angoscia; ed è l'angoscia di chi, sapendo che gli è impedito «vivere la vita di tutti», si trova suo malgrado ricacciato dentro se stesso. L'originalità del romanzo è stata ben colta da Gian Carlo Ferretti, il quale persuasivamente ha osservato che se è vero che al centro della storia ritroviamo il tema, in Bassani costante, della solitudine, è altrettanto vero che l'autore riesce qui «ad ancorare più spesso la solitudine e la crisi dei suoi personaggi a un solido terreno storico», facendone scaturire «tutta una serie di elementi che concorrono a darci il ritratto morale di una determinata società».

Con *Il giardino dei Finzi-Contini*, del '62, Bassani tenta invece la strada del romanzo ad ampio respiro, su fondo storico, recuperando modi compositivi consueti alla narrativa ottocentesca. Frutto di una lunga elaborazione durata quasi vent'anni, il libro racconta le ultime vicende di una agiata famiglia ebrea di Ferrara, quella appunto dei

Finzi-Contini. Siamo alla vigilia delle deportazioni e delle stragi; le leggi razziali emanate dal regime escludono i giovani ebrei dalle scuole pubbliche e dalle associazioni culturali e ricreative. Abituati a una vita aristocraticamente appartata, i Finzi-Contini aprono le porte della loro villa ad alcuni di tali giovani, coetanei dei figli Alberto e Micòl. Fra costoro vi è anche il protagonista che, a eventi conclusi, ricorda la vicenda narrandola in prima persona. Forse più che altrove Bassani dà qui prova di sapere cogliere le forme caratteristiche dello stile di vita della borghesia agiata, e lo fa a modo suo insistendo sulla presenza della morte che suggella l'intera storia coinvolgendo pressoché tutti i personaggi: da Micòl e i suoi genitori deportati in un campo di concentramento tedesco, ad Alberto consumatosi a causa di un tumore, al comunista Malnate scomparso in guerra sul fronte russo.

Due anni dopo la pubblicazione della sua prova narrativa editorialmente più fortunata, Bassani dà alle stampe *Dietro la porta*, un originale romanzo di formazione che racconta la vicenda di uno studente ferrarese di prima liceo che dopo un lungo, lento travaglio, giunge all'improvvisa folgorante scoperta della verità del suo essere. A esso fa da *pendant* un altro significativo romanzo, l'ultimo: *L'airone*. Anche qui a venire narrata è la storia di una iniziazione che si conclude con una scoperta rivelatrice. Il protagonista non è però un adolescente, ma un uomo; e, come è ovvio, dal cammino compiuto esce pronto ad affrontare non la vita, bensì la morte. Dopo questo romanzo Bassani torna momentaneamente alla misura breve nel 1972, con *L'odore del fieno*. Gli anni Settanta tuttavia si segnalano soprattutto per la ritrovata vena poetica. Escono proprio in questo periodo due notevoli *plaquettes*, *Epitaffio* nel 1974 e *In gran segreto* nel '77, che si distinguono per l'efficace fusione fra motivi dettati da una tensione lirico-visionaria (consueta al nostro autore) e motivi dettati al contrario da una tensione di indole drammatico-narrativa. Meritevoli di interesse, infine, sono anche gli scritti saggistici che Bassani è andato pubblicando dal '44 in poi su vari periodici e che nel '66 sono stati riuniti in *Le parole preparate*.

La fortuna

Insieme a Carlo Cassola, Bassani è stato uno dei non molti scrittori italiani che a cavallo tra gli anni Cinquanta e Sessanta si sono posti, benché in forme contraddittorie, il problema del pubblico, andando incontro in tal modo alle esigenze del mercato editoriale allora in rapida evoluzione. E il pubblico lo ha contraccambiato riconoscendo ai suoi libri la capacità di rispondere alle proprie inquietudini esistenziali e storiche. E si è trattato di un riconoscimento che si è manifestato in migliaia e migliaia di copie vendute. A incrementare il successo dell'opera narrativa di Bassani ha concorso inoltre la risonanza pubblicitaria prodotta dai numerosi premi che sono stati assegnati all'autore nel corso della sua attività: dal Villon assegnato a *Gli ultimi anni di Clelia Trotti*, allo Strega vinto da *Cinque storie ferraresi*, dal Viareggio conseguito con *Il giardino dei Finzi-Contini* (tradotto in film nel '70 da Vittorio De Sica) al Campiello conseguito invece da *L'airone*, per finire con il Nelly Sachs assegnatogli nel '68 per l'opera complessiva dalla città tedesca di Dortmund.

L'opera di Bassani non ha peraltro mancato di suscitare l'interesse, sia pure difforme, della critica. Importante soprattutto lo studio dedicatogli nel 1965 da Gian Carlo Ferretti, il quale con lucidità vede in Bassani uno degli autori più significativi «della crisi ideale, morale e stilistica che investì una zona abbastanza vasta della letteratura italiana intorno al 1956-57» quando «viene a maturazione uno stato d'animo complesso e contraddittorio, che aveva alla sua origine una profonda crisi di valori». Persuasivamente, inoltre, Ferretti illumina un «irrisolto» e costante «dissidio» di fondo, che per un verso impedisce a Bassani di liberarsi davvero dalle premesse elegiache della sua prima produzione e per altro verso lo induce comunque ad arricchire il proprio mondo poetico facendo i conti con le «nuove istanze ideali e morali portate avanti dalla Resistenza».

Giuliano Manacorda invece si sofferma soprattutto sulla «visione dolente e pessimista» della vita che Bassani propone e sulla «sua insistenza sul motivo della solitudine» riconoscendone le origini nelle «stesse condizioni biografiche di israelita e di perseguitato». A ragione inoltre Manacorda ritiene opportuno sottolineare che il centro geografico e sociale delle storie di Bassani non deve essere identificato nella città di Ferrara genericamente intesa, bensì nella «particolare angolazione della comunità israelitica borghese e benestante, da cui si muovono i legami con il mondo che la attornia».

Suggestive, tra le altre, le pagine che all'autore di *Dietro la porta* ha riservato Geno Pampaloni, il quale vede nell'opera di Bassani una pluralità di motivi ispiratori («un momento psicologico-naturalistico», «un momento lirico-metaforico», «un momento moralistico») che tuttavia discendono da una medesima «profonda vibrazione affettiva e morale». Rilevanti infine le osservazioni di Alberto Cadioli che in *L'industria del romanzo* si sofferma ad analizzare il successo straordinario incontrato dal *Giardino dei Finzi-Contini*, mettendo con intelligenza in evidenza i fattori testuali e quelli extraletterari che in diverso grado hanno contribuito a favorirne la penetrazione presso ampie fasce di lettori.

Bibliografia

Prima edizione

G. *Bassani*, *Gli occhiali d'oro*, Einaudi, Torino 1958.

Opere di Giorgio Bassani

Una città di pianura, Lucini, Milano 1940.
Storie di poveri amanti, Astrolabio, Roma 1946.
Te lucis ante, Ubaldini, Roma 1947.
Un'altra libertà, Mondadori, Milano 1952.
La passeggiata prima di cena, Sansoni, Firenze 1953.
Cinque storie ferraresi, Einaudi, Torino 1956.
Una notte del '43, Einaudi, Torino 1960.
Il giardino dei Finzi-Contini, Einaudi, Torino 1962.
L'alba ai vetri, Einaudi, Torino 1963.
Dietro la porta, Einaudi, Torino 1964.
Le parole preparate e altri scritti di letteratura, Einaudi, Torino 1967.
L'airone, Mondadori, Milano 1968.
L'odore del fieno, Mondadori, Milano 1972.
Il romanzo di Ferrara, Mondadori, Milano 1973.
Epitaffio, Mondadori, Milano 1974.
In gran segreto, Mondadori, Milano 1978.
In rima e senza, Mondadori, Milano 1982.
Di là dal cuore, Mondadori, Milano 1984.

Principali scritti su Giorgio Bassani

M. Alicata, in «La Ruota», luglio-agosto 1940.
A. Seroni, in «Letteratura», aprile-giugno 1941 (poi in *Ragioni critiche*, Vallecchi, Firenze 1944).
L. Sinisgalli, in «Costume politico e letterario», 29 settembre 1945.
E. De Michelis, in «Mercurio», novembre 1945.
E. Montale, in «Il Mondo», 1° dicembre 1945.
F. Forti, in «Convivium», n. 4., 1948.

A. Romanò, in «Il Popolo», 24 febbraio 1952.
G. Gramigna, in «Settimo giorno», 9 aprile 1952.
C. Bo, in «La Fiera letteraria», 13 aprile 1952.
G. De Robertis, in «Il Tempo», 9 luglio 1953.
F. Fortini, in «Comunità», settembre 1953.
G. Spagnoletti, in «Humanitas», dicembre 1953.
E. Cecchi, in «Corriere della Sera», 17 settembre 1954.
O. Del Buono, in «Cinema nuovo», 25 maggio 1955.
G. Guglielmi, in «Emilia», maggio 1955.
D. Porzio, in «Oggi», 26 giugno 1955.
C. Varese, in «Nuova Antologia», ottobre 1955.
E. Montale, in «Corriere della Sera», 28 giugno 1956.
G. Bellonci, in «Il Messaggero», 5 luglio 1956.
G. Pampaloni, in «L'Espresso», 15 luglio 1956.
A. Paolini, in «Belfagor», 31 luglio 1956.
F. Portinari, in «Letteratura», settembre-ottobre 1956.
C. Varese, in «Nuova Antologia», gennaio 1957.
R. Bertacchini, in «Studium», luglio-agosto 1957.
G. Bàrberi Squarotti, in «Palatina», gennaio-marzo 1958.
P. Milano, in «L'Espresso», 29 giugno 1958.
S. Antonielli, in «La Stampa», 25 luglio 1958.
R. Bertacchini, in «Convivium», aprile 1959.
G.C. Ferretti, in «Il Contemporaneo», aprile 1959.
R. Bertacchini, in *Problemi e figure di narrativa contemporanea*, Cappelli, Bologna 1960.
R. Frattarolo, in *Notizie per una letteratura*, Edizioni San Marco, Bergamo 1960.
P.P. Pasolini, in *Passione e ideologia*, Garzanti, Milano 1960.
G. Bàrberi Squarotti, in *Poesia e narrativa del secondo Novecento*, Mursia, Milano 1961.
E. Falqui, in *Novecento letterario*, Vallecchi, Firenze 1961.
G. Cusatelli, in «Palatina», ott.-dic. 1961.
G. De Robertis, in *Altro Novecento*, Le Monnier, Firenze 1962.
G. Bocca, in «Il Giorno», 15 dicembre 1962.
C. Bo, in «La Stampa», 14 febbraio 1962.
P. Citati, in «Il Giorno», 21 febbraio 1962.
D. Porzio, in «Oggi», 22 febbraio 1962.
C. Varese, in «Il Punto», 24 febbraio 1962.

O. Del Buono, in «La Settimana Incom», 25 febbraio 1962.
E. Montale, in «Corriere della Sera», 28 febbraio 1962.
C. Salinari, in «Vie Nuove», 1° marzo 1962.
G. Piovene, in «L'Espresso», 4 marzo 1962.
A. Asor Rosa, in «Mondo nuovo», 11 marzo 1962.
G. Manganelli, in «L'Illustrazione italiana», marzo 1962.
G.C. Ferretti, in «Il Contemporaneo», marzo-aprile 1962.
G. Caproni, in «La Nazione», 1° aprile 1962.
L. Piccioni, in «Il Popolo», 3 aprile 1962.
L. Baldacci, in «L'Approdo letterario», 4 aprile 1962.
A. Banti, in «Paragone», aprile 1962.
R. Barilli, in «Il Verri», aprile 1962.
S. Antonielli, in «Belfagor», maggio 1962.
A. Guglielmi, in «Mondo operaio», giugno 1962.
M. Boselli, in «Nuova corrente», luglio-sett. 1962.
G. Russo, in «Corriere della Sera», 26 agosto 1962.
W. Pedullà, in «Avanti!», 31 agosto 1962.
M. Cancogni, in «L'Espresso», 2 settembre 1962.
A. Barbato, in «L'Espresso», 26 marzo 1963.
S. Ramat, in «La Nazione», 21 dicembre 1963.
G.C. Ferretti, *Letteratura e ideologia. Bassani, Cassola, Pasolini*, Editori Riuniti, Roma 1964.
M. Bonfantini, in «Corriere della Sera», 23 febbraio 1964.
P. Citati, in «Il Giorno», 4 marzo 1964.
W. Pedullà, in «Avanti!», 5 marzo 1964.
G. Ferrata, in «Rinascita», 11 marzo 1964.
P. Milano, in «L'Espresso», 15 marzo 1964.
L. Baldacci, in «Epoca», 29 marzo 1964.
G.C. Ferretti, in «Belfagor», 31 marzo 1964.
L. Costanzo, in «Il Baretti», nov.-dic. 1964.
I. Baldelli, in *Varianti di prosatori contemporanei*, Le Monnier, Firenze 1965.
G. Bàrberi Squarotti, in *La narrativa italiana del dopoguerra*, Cappelli, Bologna 1965.
R. Frattarolo, in *Ritratti letterari ed altri studi*, Giardini, Pisa 1966.
B. Moloney, in «Convivium», ottobre 1966.

C. Varese, in *Occasioni e valori della letteratura contemporanea*, Cappelli, Bologna 1967.
G. Pampaloni, in «Corriere della Sera», 20 ottobre 1968.
P. Citati, in «Il Giorno», 23 ottobre 1968.
C. Garboli, in «La Fiera letteraria», 31 ottobre 1968.
W. Pedullà, in «Avanti!», 2 novembre 1968.
P. Milano, in «L'Espresso», 10 novembre 1968.
A. Bevilacqua, in «Oggi», 14 novembre 1968.
G. Ferrata, in «Rinascita», 29 novembre 1968.
R. Bertacchini, in AA.VV, *I contemporanei*, vol. III, Marzorati, Milano 1969.
C. Marabini, in *Gli anni Sessanta. Narrativa e storia*, Rizzoli, Milano 1969.
G. Pampaloni, in AA.VV, *Storia della letteratura italiana*, vol. IX, Garzanti, Milano 1969.
G. Trombatore, in *Scrittori del nostro tempo*, Manfredi, Palermo 1969.
C. Toscani, in «Vita e pensiero», febbraio 1969.
G. Di Rienzo, in «Vita e pensiero», marzo 1969.
R. Bertacchini, in «Persona», maggio 1969.
M. Forti, in «Il bimestre», marzo-aprile 1969.
C. Varanini, *Bassani*, La Nuova Italia, Firenze 1970.
M. Grillandi, *Invito alla lettura di Bassani*, Mursia, Milano 1972.
N. Kattan, in «Critique», gennaio 1972.
M. Shapiro, in «Italica», primavera 1972.
A. Bertolucci, in «Il Giorno», 24 maggio 1972.
L. Mondo, in «La Stampa», 2 giugno 1972.
E. Falqui, in «Nuova Antologia», agosto 1972.
F. Fortini, *Saggi italiani*, De Donato, Bari 1974.
G. Pampaloni, in «Corriere della Sera», 27 gennaio 1974.
P.P. Pasolini, in «Tempo» 8 febbraio 1974 (poi in *Descrizioni di descrizioni*, Einaudi, Torino 1979).
I. Baldelli, in «Lettere italiane», apr.-giugno 1974.
C. Bo, in «Corriere della Sera», 12 maggio 1974.
L. Mondo, in «La Stampa», 18 giugno 1974.
P.P. Pasolini, in «Tempo» 21 giugno 1974 (poi in *Descrizioni di descrizioni*, Einaudi, Torino 1979).
E. Siciliano, in «Il Mondo», 4 luglio 1974.

G. Manacorda, in *Storia della letteratura contemporanea*, Editori Riuniti, Roma 1977.
A. Cadioli, in *L'industria del romanzo*, Editori Riuniti, Roma 1981.
A. Dolfi, *Le forme del sentimento. Prosa e poesia in Giorgio Bassani*, Liviana, Padova 1981.
G. Oddo De Stefanis, *Bassani entro il cerchio delle sue mura*, Longo, Ravenna 1981.
S. Pautasso, in *Il laboratorio dello scrittore*, La Nuova Italia, Firenze 1981.
J. Moestrup, in «Il veltro», genn.-giugno 1981.
C. Bo, in «Corriere della Sera», 22 maggio 1984.
W. Mauro, in «Il giornale di Sicilia», 2 giugno 1984.
G. Cattaneo, in «L'Opinione, 24 luglio 1984.
C. Marabini, in «Nuova Antologia», luglio-sett. 1984.
D. Radcliff-Umstead, in «Italica», estate 1985.
L. Catania, in «Otto/Novecento» sett.-dic. 1986.
G. Varanini, in «Italianistica», sett.-dic. 1988.
G. Nascimbeni, in «Corriere della Sera», 5 febbraio 1989.
G. Varanini, *Bassani narratore, poeta, saggista*, Mucchi, Modena 1991.
G. Seibt, in «Frankfurter Allgemein Zeitung», 4 marzo 1991.
L. Catania, in «Otto/Novecento» nov.-dic. 1991.
E. Kanduth, in «Italianistica», genn.-dic 1993.
G. Fink, in «Paragone», giugno-aprile 1993.
E. Affinati, in «Nuovi Argomenti», genn.-marzo 1994.
A. Chiappini e G. Venturi (a cura di), *Le intermittenze del cuore*, Corbo, Ferrara 1995.
E. Siciliano, in «la Repubblica», 17 luglio 1995.
G. Rigobello, in «Il ragguaglio librario», 9 settembre 1995.
M. Serri, in «La Stampa», 25 aprile 1996.
E. Siciliano, in «la Repubblica», 1 maggio 1996.
P. Di Nicola, in «L'Espresso», 10 maggio 1996.

Gli occhiali d'oro

1

Il tempo ha cominciato a diradarli, eppure non si può ancora dire che siano pochi, a Ferrara, quelli che ricordano il dottor Fadigati (Athos Fadigati, sicuro – rievocano –, l'otorinolaringoiatra che aveva studio e casa in via Gorgadello, a due passi da piazza delle Erbe, e che è finito così male, poveruomo, così tragicamente, proprio lui che da giovane, quando venne a stabilirsi nella nostra città dalla nativa Venezia, era parso destinato alla più regolare, più tranquilla, e per ciò stesso più invidiabile delle carriere...).

Fu nel '19, subito dopo l'altra guerra. Per ragioni di età, io che scrivo non ho da offrire che una immagine piuttosto vaga e confusa dell'epoca. I caffè del centro rigurgitavano di ufficiali in divisa; ogni momento lungo corso Giovecca e corso Roma (oggi ribattezzato corso Martiri della Libertà) passavano camion sventolanti di bandiere rosse; sulle impalcature che ricoprivano la facciata in costruzione del palazzo delle Assicurazioni Generali, di fronte al lato nord del Castello, era steso un enorme, scarlatto telone pubblicitario, che invitava amici e avversari del socialismo a bere concordi l'APERITIVO LENIN; le zuffe fra contadini e operai massimalisti da una parte, ed ex combattenti dall'altra, scoppiavano quasi ogni giorno... Questo clima di febbre, di agitazione, di distrazione generale, entro cui si svolse la prima infanzia di tutti coloro che sarebbero diventati uomini nel ventennio successivo, dovette in qualche modo favorire il veneziano Fadigati. In una città come la nostra, dove i giovani di buona famiglia riluttarono più che in qualunque altro luogo a ritornare dopo la guerra alle professioni liberali, si capisce come avesse potuto mettere radici senza quasi farsi notare. Fatto sta che nel '25, quando la scalmana anche da noi cominciò a placarsi, e il fascismo, organizzandosi in grande partito nazionale, fu in grado di offrire vantaggiose sistemazioni a tutti i ritardatari, Athos Fadigati era già solidamente impiantato a Ferrara, titolare di un magnifico ambulatorio privato, e per di più direttore del reparto orecchio-naso-gola del nuovo Arcispedale Sant'Anna.

Aveva incontrato, come si dice. Non più giovanissimo, e con l'aria, già allora, di non esserlo mai stato, piacque che fosse venuto via da Venezia (lo raccontò una volta lui stesso) non tanto per cercare fortuna in una città non sua, quanto per sottrarsi all'atmosfera angosciosa di una vasta casa sul Canal Grande nella quale aveva visto spegnersi in pochi anni ambedue i genitori e una sorella molto amata. Erano piaciuti i suoi modi cortesi, discreti, il suo evidente disinteresse, il suo ragionevole spirito di carità nei confronti dei malati più poveri. Ma prima ancora che per queste ragioni, dovette raccomandarsi per come era: per quegli occhiali d'oro che scintillavano simpaticamente sul colorito terreo delle guance glabre, per la pinguedine niente affatto sgradevole di quel suo grosso corpo di cardiaco congenito, scampato per miracolo alla crisi della pubertà e sempre avvolto, anche l'estate, di soffici lane inglesi (durante la guerra, a causa della salute, non aveva potuto prestar servizio che nella censura postale). In lui ci fu di sicuro, insomma, a prima vista, qualcosa che subito attrasse e rassicurò.

Lo studio di via Gorgadello, dove riceveva dalle quattro

alle sette di ogni pomeriggio, completò più tardi il suo successo.

Si trattava di un ambulatorio davvero moderno, come fino allora a Ferrara nessun dottore ne aveva mai avuto di uguali. Fornito di un impeccabile gabinetto medico che quanto a pulizia, efficienza, e perfino ampiezza, poteva esser paragonato soltanto a quelli del *Sant'Anna*, si fregiava oltre a ciò di ben otto stanze dell'attiguo appartamento privato come di altrettante salette d'aspetto per il pubblico. I nostri concittadini, specie quelli socialmente più ragguardevoli, ne furono abbagliati. Divenuti all'improvviso insofferenti del disordine pittoresco, se si vuole, ma troppo famigliare e in fondo equivoco, nel quale gli altri tre o quattro anziani specialisti locali continuavano a ricevere le rispettive clientele, se ne commossero come per un omaggio particolare. Dove erano, da Fadigati – non si stancavano mai di ripetere –, le interminabili attese ammucchiati l'uno sull'altro come bestie, ascoltando attraverso le fragili pareti divisorie voci più o meno remote di famiglie quasi sempre allegre e numerose, mentre, alla fioca luce di una lampadina da venti candele, l'occhio non aveva da posarsi, scorrendo lungo i tristi muri, che su qualche NON SPUTARE! di maiolica, qualche caricatura di professore universitario o di collega, per non parlare di altre immagini anche più melanconiche e iettatorie di pazienti sottoposti a enormi clisteri davanti a un intero collegio accademico, o di laparatomie a cui, sogghignando, provvedeva la Morte stessa travestita da chirurgo? E come poteva essere accaduto, come!, che si fosse sopportato fino allora un simile trattamento da Medio Evo?

Andare da Fadigati costituì ben presto, più che una moda, una vera e propria risorsa. Specie nelle sere d'inverno, quando il vento gelido si infilava fischiando da piazza Cattedrale giù per via Gorgadello, era con schietta soddisfazione che il ricco borghese, infagottato nel suo cappottone di pelliccia, prendeva a pretesto il più piccolo mal di gola per imbucare la porticina socchiusa, salire le due rampe di scale, suonare il campanello dell'uscio a vetri. Lassù, oltre quel magico riquadro luminoso, alla cui apertura presiedeva un'infermiera in camice bianco sempre giovane e sempre sorridente, lassù lui trovava termosifoni che andavano a tutto vapore, come non dico a casa propria, ma nemmeno, quasi, al Circolo dei Negozianti o a quello dell'Unione. Trovava poltrone e divani in abbondanza, tavolinetti sempre forniti d'aggiornatissima carta stampata, *abat-jours* da cui si effondeva una luce bianca, forte, generosa. Trovava tappeti che quando uno si fosse stancato di rimanere lì, a sonnecchiare al calduccio o a sfogliare le riviste illustrate, lo invogliavano a passare da un salotto all'altro guardando i quadri e le stampe, antichi e moderni, attaccati fitti fitti alle pareti. Trovava infine un medico bonario e conversevole, che mentre lo introduceva personalmente « di là » per esaminargli la gola, pareva soprattutto ansioso, da quel vero signore che anche era, di sapere se il suo cliente avesse avuto modo di ascoltare alcune sere prima, al *Comunale* di Bologna, Aureliano Pertile nel *Lohengrin*; oppure, che so?, se avesse visto bene, appeso a quella data parete di quel dato salotto, quel tale De Chirico o quel tale « Casoratino », e se gli fosse piaciuto quel talaltro De Pisis; e faceva poi le più alte meraviglie se il cliente, a quest'ultimo proposito, confessava non soltanto di non conoscere De Pisis, ma di non aver mai saputo prima d'allora che Filippo De Pisis fosse un giovane, *molto* promettente pittore ferrarese. Un ambiente comodo, piacevole, signorile, e perfino stimolante per il cervello, in conclusione. Dove il tempo, il dannato tempo che è sempre stato dappertutto il gran problema della provincia, passava che era un piacere.

2

Non c'è nulla più dell'onesta pretesa di mantenere distinto nella propria vita ciò che è pubblico da ciò che è privato, che ecciti l'interesse indiscreto delle piccole società perbene. Cosa mai succedeva di Athos Fadigati dopo che l'infermiera aveva chiuso la porta a vetri dell'ambulatorio dietro le spalle dell'ultimo cliente? Il non chiaro, o per lo meno poco normale impiego che il dottore faceva delle sue serate, contribuiva a stimolare di continuo la curiosità nei suoi riguardi. Eh sì, in Fadigati c'era un che di non perfettamente comprensibile. Ma anche questo piaceva, in lui, anche questo attirava.

Le mattine tutti lo sapevano come le passava, e sulle mattine nessuno aveva niente da dire.

Alle nove era già all'ospedale, e fra visite e operazioni (perché operava, anche: non c'era giorno che non gli capitasse un paio di tonsille da togliere o una mastoide da scalpellare), tirava avanti di seguito fino all'una. Dopodiché, fra l'una e le due, non era raro incontrarlo mentre risaliva a piedi corso Giovecca col pacchetto del tonno sott'olio o dell'affettato appeso al mignolo, e col *Corriere della Sera* che gli spuntava dalla tasca del soprabito. Dunque pranzava a casa. E siccome la cuoca non ce l'aveva, e la donna a mezzo servizio che gli teneva puliti casa e studio si presentava soltanto verso le tre, un'ora prima dell'infermiera, doveva essere lui stesso, storia in fondo già bizzarra abbastanza, a prepararsi l'indispensabile piatto di pasta asciutta.

Anche per cena lo avrebbero atteso invano negli unici ristoranti cittadini che, a quell'epoca, fossero giudicati di un certo decoro: da *Vincenzo*, dalla *Sandrina*, ai *Tre Galletti*; e neppure da *Roveraro*, in vicolo del Granchio, la cui cucina casalinga richiamava tanti altri scapoli di mezza età. Ma ciò non significava affatto che mangiasse in casa come al mattino. In casa non doveva restarci mai, la sera. A passare verso le otto, otto e un quarto, da via Gorgadello, era facile coglierlo proprio nel momento che usciva. Indugiava un attimo sulla soglia, guardando in alto, a destra, a sinistra, come incerto del tempo e della direzione da prendere. Infine si avviava, mescolandosi al fiume di gente che a quell'ora, d'estate come d'inverno, sfilava adagio davanti alle vetrine illuminate di via Bersaglieri del Po come lungo le Mercerie veneziane.

Dove andava? In giro, a zonzo qua e là, apparentemente senza una meta precisa.

Dopo un'intensa giornata di lavoro gli piaceva certo sentirsi tra la folla: la folla allegra, vociante, indifferenziata. Alto, grosso, col cappello a lobbia, i guanti gialli, nonché, se era inverno, col pastrano foderato di opossum e col bastone infilato nella tasca destra, dalla parte del manico, fra le otto e le nove di sera poteva esser visto in qualsiasi punto della città. Ogni tanto si aveva la sorpresa di scorgerlo fermo, di fronte alla vetrina di qualche negozio di via Mazzini e di via Saraceno, che guardava, attento, sopra la spalla di chi gli stava davanti. Spesso sostava accanto alle bancarelle di chincaglierie e di dolciumi disposte a decine lungo il fianco meridionale del duomo, o in piazza Travaglio, o in via Garibaldi, fissando senza dir motto l'umile merce esposta. In ogni caso, erano gli angusti e gremiti marciapiedi di via San Romano quelli che Fadigati batteva di preferenza. A incrociarsi con lui sotto quei portici bassi, dove stagnava un acre sentore di pesce fritto, di salumi, di vini e di filati da poco prezzo, ma pieni soprattutto di folla, donnette, soldati, ragazzi, contadini ammantellati, eccetera, faceva meraviglia il suo occhio vivo, allegro, soddisfatto, il vago sorriso che gli spianava il volto.

« Buona sera, dottore! », qualcuno gli gridava dietro.

Ed era un miracolo se udiva, se, trasportato già lontano dalla corrente, si voltava a rispondere al saluto.

Riappariva soltanto più tardi, dopo le dieci, in uno dei quattro cinema cittadini: l'*Excelsior*, il *Salvini*, il *Rex* e il *Diana*. Ma anche qui, ai posti di galleria, dove le persone distinte si ritrovavano sempre fra loro come in un salotto, preferiva gli ultimi posti di platea. E quale imbarazzo per le persone distinte vederlo là di sotto, così ben vestito, confuso in mezzo alla peggiore « teppa popolare »! Era proprio di buon gusto – sospiravano, volgendo accorati gli sguardi altrove –, ostentare fino a quel segno lo spirito di *bohème*?

È abbastanza comprensibile perciò che verso il '30, quando Fadigati aveva già una quarantina d'anni, non pochi cominciassero a pensare che gli occorresse al più presto prendere moglie. Se ne sussurrava fra pazienti, a poltrone accostate, nelle salette medesime dell'ambulatorio di via Gorgadello, in attesa che l'ignaro dottore si affacciasse dalla porticina riservata alle sue periodiche apparizioni, e invitasse a passare « di là ». Se ne accennava più tardi a cena, fra mogli e mariti, badando che la figliolanza, col naso nella minestra e le orecchie dritte, non riuscisse a indovinare a chi ci si riferiva. E ancora più tardi, a letto – ma qui parlandone senza più ritegno –, l'argomento aveva abitualmente già invaso cinque o dieci minuti di quelle care mezze ore, sacre alle confidenze e agli sbadigli sempre più prolungati, che precedono di norma lo scambio dei baci e dei « buona notte » coniugali.

Ai mariti come alle mogli sembrava assurdo che un uomo di quel valore non pensasse una volta per tutte a mettere su famiglia.

A parte l'indole magari un po' « da artista », ma nel complesso così seria e quieta, quale altro laureato ferrarese di qua dai cinquanta poteva vantare una posizione migliore della sua? Simpatico a tutti, ricco (eh sì: per guadagnare, ormai guadagnava quello che voleva!); socio effettivo dei due maggiori Circoli cittadini, e perciò accetto in pari grado tanto alla media e piccola borghesia delle professioni e delle botteghe quanto all'aristocrazia, con o senza blasone, dei patrimoni e delle terre; provvisto perfino della tessera del Fascio che, sebbene lui si fosse sommessamente dichiarato « apolitico per natura », il Segretario Federale in persona aveva voluto dargli a tutti i costi: cos'è che gli mancava, adesso, se non una bella donna da portare ogni domenica mattina a San Carlo o in duomo, e la sera al cinematografo, impellicciata e ingioiellata come si conviene? E perché mai non si dava un po' d'attorno per trovarne una? Forse, ecco, forse era assorbito dalla relazione con qualche donnetta inconfessabile, tipo sarta, governante, serva, eccetera. Come succede a molti medici, forse gli piacevano soltanto le infermiere: e appunto per questo, chissà, quelle che di anno in anno passavano per il suo studio erano sempre talmente carine, talmente procaci! Ma anche ammettendo che le cose stessero davvero in questi termini (e d'altra parte era curioso che sull'argomento non fosse mai trapelato nulla di preciso!), per qual motivo non si sposava? Voleva proprio fare anche lui la fine che aveva fatto ai suoi tempi il dottor Corcos, l'ottantenne primario dell'ospedale, il più illustre dei medici ferraresi, il quale, secondo quanto si raccontava, dopo avere amoreggiato per anni con una giovane infermiera, a un certo punto era stato costretto dai famigliari di lei a tenersela per tutta la vita?

E in città fervevano già le ricerche della ragazza davvero degna di diventare la signora Fadigati (ma questa non persuadeva per una ragione, quella per un'altra: nessuna pareva mai abbastanza adatta al solitario diretto a casa che certe notti, uscendo tutti assieme dall'*Excelsior* o dal *Salvini* in piazza delle Erbe, era dato scorgere a un tratto laggiù, in fondo al Liston, un momento prima che sparisse dentro la buia fenditura laterale di via Bersaglieri del Po...): quand'ecco, non si sa da chi messe in giro, cominciarono a udirsi strane, anzi stranissime voci.

« Non lo sai? Mi risulta che il dottor Fadigati è... »

« Sta' a sentire la novità. Conosci mica quel dottor Fadigati, che abita in Gorgadello, quasi all'angolo con Bersaglieri del Po? Ebbene, ho sentito dire che è... »

3

Un gesto, una smorfia bastavano.

Bastava anche dire che Fadigati era « così », che era « di quelli ».

Ma talvolta, come succede a parlare di argomenti indecorosi, e dell'inversione sessuale in ispecie, c'era chi ricorreva sogghignando a qualche parola del dialetto, che anche da noi è sempre tanto più cattivo in confronto alla lingua dei ceti superiori. Per poi aggiungere non senza malinconia:

« Eh già ».

« Ma che tipo, in fondo ».

« Come abbiamo potuto non pensarci prima? »

In genere, però, quasi non fossero troppo scontenti di essersi accorti del vizio di Fadigati con tanto ritardo (per rendersene conto avevano impiegato più di dieci anni, figurarsi!), ma anzi, fondamentalmente rassicurati, in genere sorridevano.

In fondo – esclamavano, alzando la spalla –, per qual motivo non avrebbero dovuto riconoscere anche nell'irregolarità più vergognosa lo stile dell'uomo?

Ciò che li persuadeva maggiormente all'indulgenza nei riguardi di Fadigati, e, dopo il primo moto di allarmato sbigottimento, quasi all'ammirazione, era appunto il suo stile, intendendo per stile in primo luogo una cosa: la sua riservatezza, il palese impegno che aveva sempre messo e continuava tuttavia a mettere nel dissimulare i suoi gusti, nel non dare scandalo. Sì – dicevano –: adesso che il suo segreto non era più un segreto, adesso che tutto era chiaro, si era capito finalmente come comportarsi, con lui. Di giorno, alla luce del sole, fargli tanto di cappello; la sera, anche a essere spinti ventre contro ventre dalla calca di via San Romano, mostrare di non conoscerlo. Come Fredric March nel *Dottor Jekyll*, il dottor Fadigati aveva due vite. Ma chi non ne ha?

Sapere equivaleva a comprendere, non essere più curiosi, « lasciar perdere ».

Prima d'allora, entrando in un cinema, la cosa che più li aveva assillati – ricordavano – era stata quella di sincerarsi se *lui* fosse negli ultimi posti come al solito. Conoscevano le sue abitudini, avevano notato che non sedeva mai. Ficcando gli sguardi nelle tenebre, oltre la balaustrata della galleria, lo cercavano là, in basso, lungo le sordide pareti laterali, presso le porte delle uscite di sicurezza e delle latrine, senza trovar requie finché non avessero colto il tipico luccichio che i suoi occhiali d'oro mandavano ogni tanto attraverso il fumo e l'oscurità: un piccolo lampo inquieto, proveniente da una lontananza straordinaria, davvero infinita... Ma adesso! Che cosa importava, adesso, non appena entrati, aver subito conferma della sua presenza? E perché mai avrebbero atteso col disagio di una volta ogni ritorno della luce in sala? Se a Ferrara esisteva un borghese al quale fosse riconoscibile il diritto di frequentare le platee popolari, di immergersi a suo talento e in faccia a tutti nell'orrido sottomondo degli « scanni » da una lira e venti centesimi, questi non poteva essere che il dottor Fadigati.

Uguale identico il loro comportamento ai *Negozianti* e all'*Unione* le due o tre sere all'anno che Fadigati vi capitava (come ho già detto, era socio di entrambi i Circoli dal 1927).

Mentre, in passato, a vederlo attraversare la saletta dei biliardi, e tirar via senza fermarsi davanti ai tavoli di *poker* e di *écarté*, ogni viso era pronto ad assumere un'espressione fra stupita e costernata, adesso no, erano rari gli sguardi che si staccassero dai panni verdi per seguirlo fino alla porta della biblioteca. Poteva benissimo chiudersi in biblioteca, dove non c'era mai anima viva, dove i cuoi delle frau riflettevano fiocamente i tremuli bagliori del caminetto, poteva benissimo sprofondarsi fino a mezzanotte e oltre nella lettura del libro scientifico che si era portato da casa: chi trovava più niente da obiettare, a questo punto, su una stranezza simile?

Di più. Ogni tanto viaggiava, o, per dirla con le sue stesse parole, si concedeva « qualche evasione »: a Venezia per la Biennale, a Firenze per il Maggio. Ebbene, adesso che la gente sapeva, poteva succedere di incontrarlo in treno a notte alta, come toccò nell'inverno del '34 a una piccola comitiva cittadina recatasi al *Berta* di Firenze per una partita di calcio, senza che nessuno si permettesse i maliziosi « Guarda veh chi si vede! » sempre di rigore tra ferraresi non appena ci si ritrovi fuori dall'angusto territorio compreso fra gli argini paralleli di Reno e Po. Dopo che lo ebbero invitato, tutti premurosi, ad accomodarsi nel loro scompartimento, i nostri bravi sportivi, che certo non erano dei musicomani (Wagner: soltanto al nome si sentivano sprofondare in un oceano di tristezza!), stettero lì buoni buoni ad ascoltare un infervorato resoconto di Fadigati a proposito del *Tristano* che Bruno Walter aveva diretto quello stesso pomeriggio al *Comunale* fiorentino. Fadigati parlò della musica del *Tristano*, della mirabile interpretazione che il « maestro germanico » ne aveva dato, e in particolare del secondo atto dell'opera, il quale –

disse – « non è che un lungo lamento d'amore ». Diffondendosi sulla panchina tutta avvolta dai rami fioriti di un rosaio, e quindi simbolo trasparente del talamo, seduti sopra la quale Tristano e Isotta cantano per tre quarti d'ora filati prima d'andare a immergersi, avvinti, in una notte di voluttà eterna come la morte, Fadigati socchiudeva le palpebre dietro le lenti, sorridendo rapito. E gli altri lo lasciavano parlare, non fiatavano. Si limitavano a scambiarsi qualche allibita occhiata di soppiatto.

Ma era Fadigati medesimo, con la sua condotta ineccepibile, a favorire intorno a sé un così largo spirito di tolleranza.

Su di lui, dopo tutto, che cosa poteva dirsi di concreto? Al contrario di quello che era lecito attendersi da soggetti dello stampo di donna Maria Grillanzoni, tanto per fare un nome, una più che settantenne dama della nostra migliore aristocrazia i cui impetuosi atti di seduzione, perpetrati nei confronti dei ragazzi delle drogherie e delle macellerie che le venivano per casa la mattina, correvano normalmente sulla bocca di tutti (e ogni tanto la città ne imparava sul suo conto una nuova, ridendoci sopra, si capisce, ma anche deplorando), l'erotismo di Fadigati dava ogni garanzia che sarebbe stato sempre contenuto dentro precisi confini di decenza.

Di ciò i suoi molti amici ed estimatori si proclamavano più che sicuri. Nei cinema, è vero – erano costretti a riconoscere –, andava sempre a mettersi non troppo discosto dai gruppi dei soldati, da cui l'apparenza di fondamento che prendeva l'insinuazione di un suo presunto « debole » per i militari. Altrettanto vero tuttavia che mai – riprendevano a dire, energici – il poveretto era stato visto avvicinarsi oltre un dato limite, mai accompagnarsi con qualcuno di essi per istrada, né mai, tanto meno, nessun giovane lanciere del Pinerolo Cavalleria, con l'alto colbacco calato sugli occhi, e con la pesante, rumorosa sciabola sotto il braccio, era stato colto mentre varcava ad ore sospette la soglia di casa sua. Rimaneva il suo viso, certo: grasso, ma grigio, e coi tratti tirati da un'ansia segreta e continua. Era unicamente quel suo viso a ricordare che *cercava*. Quanto però a trovare (come e dove), chi era in grado di parlarne con precisa cognizione di causa?

Di tempo in tempo si udiva comunque discorrere anche di questo. A distanza magari di anni, con la medesima lentezza e quasi riluttanza con cui, risalendo dai fondi melmosi di certi stagni, rade bolle d'aria emergono e scoppiano in silenzio alla superficie, ecco che ogni tanto venivano fatti dei nomi, indicate delle persone, precisate delle circostanze.

Intorno al '35, rammento bene che al nome di Fadigati andava di solito associato quello di tale Manservigi, una guardia municipale dagli occhi azzurri, inflessibili, che quando non dirigeva solennemente il traffico ciclistico e automobilistico all'incrocio tra corso Roma e corso Giovecca, noi ragazzi avevamo a volte la sorpresa di ritrovare sul Montagnone, mentre, reso quasi irriconoscibile dai dimessi abiti borghesi, assisteva con uno stuzzicadenti in bocca alle nostre interminabili partite a calcio, spesso protratte fin oltre l'imbrunire. Più tardi, verso il '36, si udì di un altro: un usciere del Comune, certo Trapolini, dolce e melliflua persona, sposato e carico di figli, del quale erano assai noti in città lo zelo cattolico e la passione per il teatro d'opera. Più tardi ancora, durante i primi mesi della guerra di Spagna, venne ad aggiungersi alla parca lista degli « amici » di Fadigati anche il nome di un ex giocatore della *S.P.A.L.* Scuro di pelle, imbolsito, le tempie ormai grige, si trattava proprio di quel Baùsi, Olao Baùsi, che nel decennio fra il '20 e il '30 era stato, chi non se ne ricordava?, una specie di idolo della gioventù sportiva ferrarese, e che in pochi anni si era ridotto a vivere dei peggiori espedienti.

Dunque niente soldati. Mai nulla di praticato in pubblico, sia pure in esclusiva fase di approccio, mai nulla di scandaloso. Bensì rapporti accuratamente clandestini con uomini di mezza età e di condizione modesta, subalterna. Con individui discreti, insomma, o, almeno, tenuti in qualche modo a esserlo.

Verso le tre, le quattro di notte, dalle persiane dell'appartamento di Fadigati filtrava quasi sempre un poco di luce. Nel silenzio del vicolo, interrotto soltanto dagli strani sospiri dei gufi appollaiati lassù in alto lungo i vertiginosi, appena visibili cornicioni del duomo, volavano fiochi brandelli di musiche celestiali, Bach, Mozart, Beethoven, Wagner: Wagner, soprattutto, forse perché la musica wagneriana era la più indicata a evocare determinate atmosfere. L'idea che la guardia Manservigi, o l'usciere Trapolini, o l'ex calciatore Baùsi, fossero in quello stesso momento ospiti del dottore, non poteva venire accolta dall'ultimo nottambulo, di transito a quell'ora per via Gorgadello, altro che a cuor leggero.

4

Nel 1936, vale a dire ventidue anni fa, il treno locale Ferrara-Bologna, in partenza ogni mattina da Ferrara qualche minuto prima delle sette, percorreva i quarantacinque chilometri della linea in non meno di un'ora e venti minuti.

Quando le cose filavano lisce, il treno raggiungeva dunque la sua meta verso le otto e un quarto. Ma il più delle volte, anche se si lanciava a gran carriera lungo il rettilineo dopo Corticella, il convoglio imboccava la larga curva che mette nella stazione bolognese con dieci, quindici minuti di ritardo (nel caso che dovesse fermarsi al semaforo d'ingresso, i minuti potevano diventare facilmente trenta). Non erano più i tempi del vecchio Ciano, d'accordo, quando, all'arrivo, certi treni trovavano ad aspettarli il ministro delle Comunicazioni in persona, tutto assorto nella solenne azione scenica di misurare a passi impazienti la banchina e di controllare borbottando l'ora al quadrante della grossa cipolla da capostazione che estraeva di continuo dal taschino del panciotto. Vero è però che l'accelerato Ferrara-Bologna delle sei e cinquanta faceva sempre, in pratica, quello che voleva. Sembrava ignorare il governo, infischiarsene altamente del suo vanto d'avere imposto perfino alle Ferrovie dello Stato il rigido rispetto degli orari. E d'altra parte chi gli badava, chi se ne preoccupava? Mezzo coperta d'erba e priva di tettoia, la banchina del sedicesimo binario, a lui riservata, era l'ultima, confinava con la campagna di fuori Porta Galliera. Aveva proprio l'aria d'essere dimenticata.

Di solito il treno si componeva di sei carrozze soltanto: cinque di terza classe e una di seconda.

Ricordo non senza rabbrividire le mattine del dicembre padano, le buie mattine degli anni in cui, studenti universitari a Bologna, dovevamo alzarci con la sveglia. Dal tram, che correva sferragliando a rompicollo in direzione della barriera daziaria di viale Cavour, sentivamo il treno fischiare ripetutamente, lontano e invisibile. Sembrava che minacciasse: « Badate, parto! ». O addirittura: « È inutile che vi affrettiate, ragazzi, sono bell'e partito! ». Non erano comunque che le matricole, in genere, maschi e femmine, a smaniare attorno al conduttore perché aumentasse la velocità. Tutti noi altri, Eraldo Deliliers compreso, il quale si era iscritto quello stesso anno a Scienze politiche ma si comportava già con la disinvoltura e con l'indifferenza di un anziano, sapevamo bene che l'accelerato delle sei e cinquanta non sarebbe mai partito prima di aver fatto il carico delle nostre persone. Il tram si fermava finalmente davanti alla stazione; balzavamo a terra; dopo pochi istanti ci trovavamo sul treno, sbuffante da ogni parte candidi getti di vapore, eppure ancora lì, immobile sul suo binario come previsto. Quanto a Deliliers, lui sopraggiungeva sempre per ultimo, camminando lemme lemme e sbadigliando. Difatti, siccome si era addormentato, accadeva molto spesso che avessimo dovuto tirarlo giù dal tram a forza.

I vagoni di terza classe si può dire che fossero tutti per noi. Tranne qualche viaggiatore di commercio, qualche sparuta compagnia di varietà che aveva pernottato nella sala d'aspetto della stazione, e con le cui ballerine si cercava talvolta, durante il viaggio, di fare un po' di amicizia, da Ferrara a quell'ora non partiva mai nessuno.

Ciò ad ogni modo non significa, sia ben chiaro, che il treno delle sei e cinquanta raggiungesse Bologna viaggiando sempre mezzo vuoto!

Nel corso del suo pigro trasferimento dal buio fitto di Ferrara alla luce di certi mattini bolognesi – luce intensa, sfolgorante, con il colle di San Luca bianco di neve, e con le cupole delle chiese, color verderame, che spiccavano quasi in rilievo sul rosso mare dei tetti e delle torri –, il treno raccoglieva via via dalle piccole e minime stazioni dislocate lungo la linea gente sempre nuova.

Erano studenti medi, ragazzi e ragazze; maestri elementari d'ambo i sessi; piccoli proprietari agricoli, mezzadri, mercantucci di vario bestiame, riconoscibili dalle ampie mantelle, dai cappelli di feltro calati sul naso, dallo stuzzicandenti o dal sigaro toscano incastrati fra le labbra: gente della campagna che parlava già nello sguaiato dialetto bolognese, e dal cui contatto ci si difendeva barricandoci dentro due o tre scompartimenti contigui. L'assalto dei « *vilàn* » cominciava a Poggio Renatico, un chilometro prima dell'argine di sinistra del Reno; si rinnovava a Galliera, appena di là dal ponte di ferro, e poi a San Giorgio di Piano, a San Pietro in Casale, a Castelmaggiore, a Corticella. Quando il treno arrivava a Bologna, dagli sportelli aperti con violenza quasi esplosiva si riversava sulla banchina del sedicesimo binario una piccola folla tumultuosa di diverse centinaia di persone.

Restava il vagone di seconda classe, unico e solo: sul quale, almeno fino a una certa data, e cioè per l'appunto fino all'inverno 1936-37, non salì mai un'anima.

Il personale di scorta al treno, un quartetto fisso che viaggiando su accelerati faceva su e giù tra Ferrara e Bologna cinque o sei volte al giorno, vi teneva ogni mattina accademia di scopa e di tressette. E noi, dal canto nostro ci eravamo talmente abituati al fatto che il vagone di seconda classe fosse riservato al capotreno, al controllore, al frenatore, e al graduato della Milizia ferroviaria (ammiccanti e gentili fin che si vuole, i quattro, specie se fiutavano studenti del G.U.F., ma decisissimi a vietare ogni passaggio di classe abusivo), ci pareva ormai così naturale vederlo funzionare come una specie di circolo del Dopolavoro ferroviario, che da principio, quando il dottor Fadigati incominciò a venire a Bologna due volte la settimana, e prendeva costantemente il biglietto di seconda, da principio non gli badammo, di lui nemmeno ce ne accorgemmo.

Fu in ogni caso questione di poco tempo.

Chiudo gli occhi. Rivedo il gran varco asfaltato del viale Cavour completamente deserto dal Castello fino alla barriera daziaria, coi lampioni stradali, disposti in lunga prospettiva a una cinquantina di metri l'uno dall'altro, ancora tutti accesi. Il conduttore Aldrovandi, di cui dall'interno del tram non si può scorgere che la gobba schiena irritata, spinge il suo decrepito carrozzone al massimo. Ma un po' prima che il tram sia arrivato alla barriera, ecco piombare alle nostre spalle, sorpassandoci rapidissima col caratteristico fruscio soffocato che fa il motore della Lancia, una macchina, un tassì. È una Astura verde, sempre la stessa. Ogni martedì e venerdì mattina ci supera pressappoco alla medesima altezza di viale Cavour. Ed è così veloce, che quando noi, col nostro tram che beccheggia paurosamente nello sprint finale, irrompiamo nel piazzale della stazione, non soltanto ha già deposto il suo passeggero (un signore corpulento fornito di lobbia dal bordo bianco, di occhiali d'oro, di cappotto dal bavero di pelliccia), ma ha fatto manovra, e sta anzi ripartendo in direzione contraria alla nostra, verso il centro.

Chi sarà stato, di noi, a richiamare per primo la curiosità

generale sul signore dei tassì: sul signore piuttosto che sul tassì? È vero che in tram, con la bionda testa ricciuta riversa sulla spalliera di legno, per solito Deliliers dormiva. Eppure mi sembra proprio che sia stato lui, una mattina intorno alla metà di febbraio del '37, mentre varie mani, sempre un po' più numerose del necessario, si sporgevano attraverso lo sportello per aiutarlo a salire in treno, e lui si faceva sollevare quasi di peso, giurerei che sia stato proprio Deliliers ad annunciare che la seconda classe aveva trovato nel tipo dell'Astura un cliente fisso, fisso e pagante, e che questo tale era, nientemeno, il dottor Fadigati.

« Fadigati? Chi era costui? », chiese con aria stordita una delle ragazze: Bianca Sgarbi, per la precisione, la maggiore delle due sorelle Sgarbi (l'altra, Attilia, di tre anni più giovane e tuttora al liceo, all'inizio del '37 ancora non la conoscevo).

La sua domanda fu accolta da grandi risate. Deliliers si era seduto e stava accendendosi una Nazionale. Aveva la mania di accendere le sigarette dalla parte della marca, attentissimo ogni volta a non sbagliare.

A quell'epoca Bianca Sgarbi, la quale faceva molto di malavoglia il terzo anno di Lettere, era quasi fidanzata con Nino Bottecchiari, il nipote dell'ex deputato socialista. Benché filassero assieme, non andavano troppo d'accordo. Esuberante di natura, e al tempo stesso quasi presaga del poco lieto futuro che attendeva i giovani della nostra generazione e lei in particolare (rimasta vedova di un ufficiale d'aviazione precipitato su Malta nel '42, con due figli maschi da crescere, la poverina è finita poi a Roma, impiegata avventizia al Ministero dell'Aeronautica), Bianca si mostrava insofferente di ogni legame, divertendosi a civettare con chiunque le facesse comodo, e passando in sostanza da un *flirt* all'altro.

« E allora si può sapere chi è? », insistette mollemente, piegata verso Deliliers che le sedeva di fronte.

Rannicchiato accanto a quest'ultimo nel posto d'angolo presso lo sportello, il povero Nino soffriva in silenzio.

« Oh, un vecchio finocchio », proferì infine Deliliers con calma, rialzando il capo e fissando la nostra compagna dritto negli occhi.

5

Per qualche tempo continuò a star segregato durante l'intero tragitto nel vagone di seconda classe.

A turno, approfittando delle fermate che il treno faceva a San Giorgio di Piano o a San Pietro in Casale, qualcuno del nostro gruppo balzava a terra con l'incarico di comperare al bar della stazioncina qualcosa da mangiare: panini imbottiti di salame crudo appena insaccato, cioccolata con le mandorle che sapeva di sapone, biscotti Osvego mezzo ammuffiti. Volgendo lo sguardo al treno fermo, e passandolo poi da vagone a vagone, a un certo punto potevamo scorgere il dottor Fadigati che, da dietro lo spesso cristallo del suo scompartimento, osservava la gente attraversare i binari e affrettarsi verso le carrozze di terza. Dall'espressione di invidia accorata del suo viso, dalle occhiate di rimpianto con le quali seguiva la piccola folla campagnola a noi così indigesta, pareva poco meno che un recluso: un confinato politico di riguardo, in viaggio di trasferimento a Ponza o alle Tremiti per restarci chissà quanto. Due o tre scompartimenti più in là, dietro un cristallo di uguale spessore, si distinguevano il capotreno e i suoi tre amici. Continuavano imperterriti a giocare a carte, a discutere tra loro fitto fitto, ridendo e agitando le mani.

Ben presto, però, come era da prevedersi, cominciammo a vederlo girellare per i vagoni di terza.

Lo sportello di comunicazione essendo chiuso a chiave, le prime volte, per farsi aprire (lo raccontò più tardi lui stesso), si era sempre presentato al controllore.

Metteva il capo dentro lo scompartimento-bisca.

« Scusino, signori », chiedeva, « potrei per favore passare in terza classe? »

Ma li seccava, se ne era accorto subito. Precedendolo lungo il corridoio con la chiave in mano e col passo del carceriere, il controllore borbottava e soffiava senza riguardi. A un certo punto si era deciso a fare da sé. Attendeva la prima fermata, quella di Poggio Renatico. L'accelerato sostava da tre a cinque minuti. C'era tempo in abbondanza per scendere a terra e per risalire nel vagone immediatamente successivo.

Tuttavia non fu in treno che vennero stabiliti fra noi i primi contatti, direi proprio di no. Mi resta l'impressione che la cosa sia accaduta a Bologna, per istrada, anche se poi, come si vedrà qui di seguito, io non sappia indicare con sicurezza in quale strada precisa. (Forse in quei giorni fui assente da scuola, e la cosa mi venne variamente riferita dopo, dagli altri? Oppure sono io, a tanti anni di distanza, a non distinguere, a non ricordare con precisione?)

Può darsi che sia stato uscendo dalla stazione, mentre aspettavamo il tram di Mascarella. Siamo una decina e tutti quanti assieme, occupando buona parte della piattaforma tranviaria antistante al luogo di posteggio per le carrozze e per i tassì. Il sole scintilla sui cumuli di neve sporca che punteggiano a intervalli regolari il vasto piazzale. Il cielo sopra è d'un azzurro intenso, vibrante di luce.

E Fadigati, che sta aspettando anche lui il tram sulla medesima piattaforma (è sopraggiunto un momento fa, per ultimo), ad un tratto, per attaccare discorso, non trova di meglio che uscire in qualche osservazione sulla « giornata deliziosa, quasi primaverile », nonché sul tram di

Mascarella il quale « se la prende così comoda che converrebbe in un certo senso andare a piedi ». Sono frasi generiche, banali, dette a mezza voce e non rivolte ad alcuno di noi in particolare, ma a tutti in blocco e a nessuno: come se lui non ci conoscesse, o piuttosto non si azzardasse ad ammettere che ci conosce, neanche di vista. Ma alla fine basta che uno, imbarazzato dalla sua incertezza e dal sorriso nervoso col quale ha accompagnato le sue vaghe considerazioni sulla stagione e sul tram, gli risponda con un minimo di urbanità, chiamandolo « dottore ». Allora salta subito fuori la verità: cioè che ci conosce tutti benissimo, lui, nomi e cognomi, nonostante il fatto che in pochi anni siamo diventati dei giovanotti. Sa esattamente di chi siamo figli. E come potrebbe non saperlo, come potrebbe essersene scordato, andiamo!, se da bambini, « all'età che i bambini di buona famiglia hanno sempre da combattere col mal di gola e col mal d'orecchi » – e ride –, ci ha visti, quale più quale meno, passare dal suo studio tutti quanti?

Senonché spesso, invece che prendere il tram e filare spediti all'università, in via Zamboni, preferivamo risalire a piedi i portici di via Indipendenza, su su fino al centro. Era raro che Deliliers ci fosse. Appena fuori dalla stazione, tagliava la corda per conto suo, e prima dell'indomani mattina nessuno, in genere, lo rivedeva più: né all'università, né in trattoria, né altrove. Sgranati in ordine sparso lungo il marciapiede, gli altri però c'erano sempre tutti. C'era Nino Bottecchiari, che studiava legge, ma per via di Bianca Sgarbi bazzicava assai spesso i corridoi e le aule della Facoltà di lettere, sorbendosi con pazienza le lezioni più indigeste: da quella di grammatica latina a quella di biblioteconomia. C'era Bianca, in basco blu e pellicciotto di coniglio corto ai fianchi, ora a braccetto con uno ora con l'altro: quasi mai con Nino, e solo per litigarci. C'erano Sergio Pavani, Otello Forti, Giovannino Piazza, Enrico Sangiuliano, Vittorio Molon: chi studente di agraria, chi di medicina, chi di scienze economiche e commerciali. E infine, unico studente in lettere della compagnia (a parte Bianca Sgarbi), infine c'ero io.

Ebbene, non è impossibile che una mattina di queste, mentre camminiamo lungo gli interminabili portici di via Indipendenza, alti e bui come navate di chiesa, fermandoci ogni tanto davanti a una vetrina di articoli sportivi, presso un chiosco di giornali, confondendoci magari alla gente che, attratta e come ipnotizzata dalla fiamma ossidrica, si assiepa in silenzio attorno a una squadra di operai intenti ad aggiustare una rotaia della linea tranviaria, non è affatto impossibile, dicevo, che una di queste mattine di tardo inverno, quando ogni pretesto sembra buono per rinviare il momento di chiudersi dentro un'aula scolastica, il dottor Fadigati, che da tempo ci seguiva, venga d'un tratto ad affiancarsi a qualcuno di noi: a Nino Bottecchiari e a Bianca Sgarbi, per esempio, che un poco in disparte, ma incuranti come al solito di farsi sentire, non la piantano un solo istante di discutere e litigare.

Ronzandoci, per così dire, continuamente attorno, Fadigati ci ha seguiti finora passo passo. Ce ne siamo accorti benissimo. Sogghignando, dandoci di gomito, ne abbiamo anche parlato.

All'improvviso, eccolo affiancarsi a Nino e Bianca, raschiarsi la gola.

Con la voce neutra, col tono impersonale che adopera sempre, si vede, quando abborda degli sconosciuti dai quali non sa che accoglienza aspettarsi, lo si sente dire qualcosa.

« Fate i bravi, ragazzi! », ammonisce: e anche stavolta è proprio come se parlasse soprattutto all'aria, non a qualcuno di determinato.

Ma poi, girando verso Bianca uno sguardo timido, esitante, eppure in qualche modo complice, scontrosamente complice e solidale:

« E lei sia buona, signorina », aggiunge, « sia un po' più arrendevole. Tocca alla donna, non lo sa? »

Scherza, non intende che scherzare. Bianca scoppia a ridere. Anche Nino ride. Chiacchierando del più e del meno, arriviamo quindi tutti insieme fino a piazza del Nettuno. Anzi. Prima di separarci dobbiamo accettare per forza un caffè.

Insomma diventiamo amici: se è vero in ogni caso che d'ora in avanti, cioè fin dall'aprile del '37, nei due o tre scompartimenti di terza classe dentro i quali usiamo asserragliarci (già verde, la campagna scorre fresca e luminosa nel riquadro del finestrino), il martedì e il venerdì mattina ci sarà sempre un posto anche per il dottor Fadigati.

6

Si era messo in testa di prendere la libera docenza – disse – : per questo motivo, « non per altro », veniva a Bologna due volte la settimana. Ma adesso che aveva trovato dei compagni di viaggio, spostarsi bisettimanalmente non gli pesava più tanto.

Sedeva tranquillo al suo posto. Si limitava ad assistere alle nostre quotidiane discussioni, che spaziavano dallo sport alla politica, dalla letteratura e dall'arte alla filosofia, e toccavano talora perfino il tema dei sentimenti, o, addirittura, dei rapporti « esclusivamente erotici », lasciando cadere ogni tanto una parola, guardandoci dal suo sedile con occhio paterno e indulgente. Di molti di noi era, in certo senso, amico di famiglia: i nostri genitori frequentavano il suo studio di via Gorgadello da quasi venti anni. Era di sicuro anche a loro che pensava, guardandoci.

Sapeva che *sapevamo*? Forse no, forse su questo punto si illudeva ancora. Nel suo contegno, comunque, nell'educato e preoccupato riserbo che si sforzava di mantenere, era fin troppo facile leggere il fermo proposito di comportarsi come se niente di sé fosse mai trapelato in città. Per noi, soprattutto per noi, lui doveva restare il dottor Fadigati di una volta, quando, da bambini, vedevamo il suo largo viso, seminascosto dietro il tondo specchio frontale, piegarsi e incombere sul nostro viso. Se al mondo esistevano delle persone con le quali lui dovesse cercare di tenersi su, queste eravamo proprio noi.

Veduta da vicino, d'altra parte, la sua faccia non risultava granché cambiata. Quei dieci, dodici anni che ormai ci separavano dall'età delle tonsilliti, delle otiti, delle vegetazioni adenoidee, non avevano lasciato sul suo volto che tracce molto leggere. Aveva fatto le tempie grige, ecco. Ma basta. Forse un po' più grasse e cascanti, le sue guancie apparivano dello stesso colore terreo di un tempo. La pelle che le ricopriva, grossa, glabra, coi pori evidenti, dava sempre la medesima impressione del cuoio, del cuoio ben conciato. No, per questo eravamo molto più cambiati noi, al confronto: noi che di sfuggita, assurdamente (mentre lui, magari, tirava fuori dalla tasca del soprabito il *Corriere della Sera*, e quieto e bonario si metteva a leggerlo nel suo angolo), venivamo cercando su quel volto familiare le prove, i segni, starei per dire le macchie visibili del suo vizio, del suo peccato.

Col tempo tuttavia prese confidenza, cominciò a parlare un poco di più. Dopo una corta primavera, l'estate era sopraggiunta quasi di colpo. Anche la mattina presto faceva caldo. Fuori, il verde della campagna bolognese si era fatto più cupo, più ricco. Nei campi delimitati dai filari dei gelsi la canapa si mostrava già alta, il grano imbiondiva.

« Mi sembra di essere tornato studente », ripeteva spesso Fadigati, guardando di là dal vetro del finestrino. « Mi sembra di essere tornato ai tempi di quando anch'io viaggiavo ogni giorno tra Venezia e Padova... »

Era successo prima della guerra – raccontò –, fra il '10 e il '15.

Studiava medicina a Padova, e per due anni aveva fatto la spola quotidiana fra le due città: proprio come la facevamo noi adesso tra Ferrara e Bologna. A partire dal terzo anno, però, i suoi genitori, continuamente in ansia per il suo cuore, avevano preteso che si stabilisse a Padova, in una stanza d'affitto. E così, nei tre anni successivi (si era laureato nel '15 col « grande » Arslan: 110 e lode), aveva condotto in confronto a prima vita abbastanza sedentaria. In famiglia ci passava soltanto due giorni per settimana: il sabato e la domenica. A quel tempo Venezia non era certo una città allegra, la domenica, soprattutto d'inverno. Ma Padova, con quei suoi lugubri, neri portici, invasi perennemente da uno strano odore di carne di manzo bollita!... Rientrare a Padova in treno, ogni domenica sera, gli costava sempre una fatica enorme, doveva farsi forza.

« Chissà lei, dottore, che sgobbone sarà stato! », esclamò una volta Bianca che, tanta era l'abitudine, faceva la civetta anche con Fadigati.

Non le rispose, limitandosi a sorriderle con gentilezza.

« Al giorno d'oggi avete la partita, il cinema, sani passatempi di ogni specie », disse poi. « Sapete qual era la principale risorsa della domenica per la gioventù dell'epoca mia? Le sale da ballo! »

Storse la bocca, come se avesse evocato luoghi ben altrimenti abominevoli. Aggiungendo subito dopo che a Venezia per lo meno lui aveva la casa, il papà e la mamma, soprattutto la mamma: gli « affetti » più sacri, insomma.

Come l'aveva adorata – sospirava –, la sua povera mamma!

Intelligente, colta, bella, pia: in lei si assommavano tutte le virtù. Una mattina, anzi, e per la commozione gli occhi gli si inumidirono, estrasse dal portafoglio una fotografia che circolò di mano in mano. Si trattava di un piccolo ovale sbiadito. Ritraeva una donna in abito ottocentesco, di mezza età: dall'espressione soave, senza dubbio, ma nel complesso piuttosto insignificante.

Vittorio Molon era l'unico fra noi la cui famiglia non

fosse ferrarese. Proprietari agricoli di Fratta Polesine, i Molon si erano trasferiti di qua dal Po da cinque o sei anni soltanto. E si sentiva: perché Vittorio, specie quando parlava in italiano, conservava in pieno la cadenza veneta.

Un giorno Fadigati gli chiese se per caso « loro » fossero di Padova.

« Gliel'ho chiesto », spiegò, « perché quando ci vivevo io, a Padova, stavo a dozzina da una vedova che si chiamava Molon, Elsa Molon. La casetta di questa signora Molon si trovava in via San Francesco, nei pressi dell'università, e dava, dietro, su un grande orto. Che vita, facevo! A Padova non avevo parenti, non amici, nemmeno tra i compagni di scuola ».

Dopodiché, apparentemente divagando (ma fu la sola volta che aprì uno spiraglio sulla sua notevole cultura letteraria: come se, anche da questo lato, si fosse imposto un preciso riserbo), cominciò a parlare di una novella di non sapeva più quale scrittore inglese o americano dell'Ottocento, ambientata appunto a Padova verso la fine del XVI secolo.

« Protagonista della novella », disse, « è uno studente, uno studente solitario come ero io trent'anni fa. Come me, vive in una stanza d'affitto che dà su un orto vastissimo, pieno di alberi velenosi... »

« Velenosi?! », lo interruppe Bianca, spalancando gli occhi celesti.

« Sì, velenosi », annuì.

« Ma l'orto su cui si apriva la mia finestra », continuò, « non era affatto avvelenato: si rassicuri, signorina. Era un orto molto normale, coltivato alla perfezione da una famiglia di contadini, certi Scagnellato, che abitava in una casupola addossata all'abside della chiesa di San Francesco. Io vi scendevo spesso a passeggiare, con un libro in mano: specie nei tardi pomeriggi di luglio, sotto gli esami.

Gli Scagnellato, che mi invitavano sovente a cena, erano l'unica famiglia padovana della quale fossi diventato intimo. Avevano due figli: due bei ragazzi, così vivi e simpatici, così... Lavoravano fra le piante e i seminati fino a che non ci si vedeva più. A quell'ora annaffiavano, in genere. Ah, il buon odore di letame! »

L'aria dello scompartimento era grigia del fumo delle nostre Nazionali. Ma lui l'aspirava a pieni polmoni, socchiudendo le palpebre dietro le lenti e dilatando le narici del grosso naso.

Seguì un silenzio abbastanza prolungato e oppressivo. Deliliers aprì gli occhi, sbadigliò rumorosamente.

« Buono l'odore del letame? », diceva frattanto Bianca, con una risatina nervosa. « Che idea! »

Sporgendo il capo, Deliliers lasciò cadere su Fadigati, di traverso, un'occhiata piena di disprezzo.

« Lasci stare il letame, dottore », sogghignò, « e ci parli piuttosto di quei due ragazzi dell'orto che le piacevano tanto. Che cosa ci faceva, insieme? »

Fadigati sussultò. Come se fosse stata colpita all'improvviso da uno schiaffo potentissimo, la sua larga faccia marrone si deformò sotto i nostri occhi in una smorfia dolorosa.

« Eh?... Come?... », balbettava.

Disgustato, Deliliers si alzò. Apertasi la strada fra le nostre gambe, uscì nel corridoio.

« Il solito villano! », sbuffò Bianca, toccandosi un ginocchio.

Lanciò a Deliliers, esiliatosi in piedi nel corridoio, di là dalla porta a vetri, uno sguardo di disapprovazione. E quindi, rivolta a Fadigati:

« Perché non finisce di raccontare la novella? », propose con gentilezza.

Lui non volle, tuttavia, per quanto Bianca insistesse.

Protestò di non ricordarne bene l'intreccio. E inoltre – concluse, con una sfumatura di malinconica galanteria che suonò particolarmente sforzata –, per qual ragione ci teneva tanto a sentire una storia che finiva, poteva assicurarglielo, così male?

Un attimo solo di abbandono gli era costato caro. Adesso, si capisce, temeva il ridicolo più che mai.

7

Si accontentava di niente, in fondo, o almeno così sembrava. Più che restare lì, nel nostro scompartimento di terza classe, con l'aria del vecchio che si scalda in silenzio davanti a un bel fuoco, altro non pretendeva.

A Bologna, per esempio, non appena fossimo usciti nel piazzale di fronte alla stazione, lui saliva su un tassì, e via. Dopo una volta o due, all'inizio, che venne con noi fino all'università, non successe mai che ce lo trovassimo vicino senza sapere come liberarcene. Conosceva bene, perché glielo avevamo detto, le trattorie a buon mercato dove intorno all'una avrebbe potuto raggiungerci: alla *Stella del Nord*, in Strada Maggiore, o da *Gigino*, ai piedi delle due Torri, o alla *Gallina Faraona,* in San Vitale. Tuttavia non vi capitò mai. Un pomeriggio, entrando in un locale di via Zamboni per giocare a boccette, lo scorgemmo seduto a un tavolino in disparte, con davanti un caffè e un bicchier d'acqua, e immerso nella lettura di un giornale. Si accorse subito di noi, certo. Ma finse di no; e anzi, dopo qualche minuto, chiamò il cameriere con un cenno, pagò, scivolando quindi fuori alla chetichella.

Non era insomma né indiscreto né noioso.

Eppure, a poco a poco, nonostante che, grosso come era, si rannicchiasse a tal punto sulla panca di legno dello scompartimento fino a occuparne anche meno dell'ottava parte, a poco a poco, senza volerlo, cominciammo pressoché tutti a mancargli di rispetto.

Per la verità fu di nuovo lui a sbagliare: quando una mattina, mentre il treno sostava a San Pietro in Casale, d'un tratto volle scendere a procurarci i soliti panini e biscotti al bar della stazione. « Tocca a me », aveva dichiarato, e non c'era stato verso di trattenerlo.

Lo vedemmo dunque, dal treno, attraversare goffo i binari. C'era da scommetterlo che si sarebbe dimenticato quanti panini doveva comperare e quanti pacchetti di biscotti. E difatti si verificò puntualmente proprio questo: col seguito di noi a spenzolarci come coscritti ubriachi dal finestrino e a dargli di lontano, urlando e sghignazzando senza ritegno, gli ordini più contradditorî, e di lui sempre più confuso e affannato via via che i minuti passavano, tanto che per un pelo non restava a terra.

Dirò poi di Deliliers, che non gli rivolgeva mai la parola, affliggendolo ogni volta che gli capitava con trasparenti allusioni, con brutali doppisensi. Ma lo stesso Nino Bottecchiari, al quale da bambino aveva levato le tonsille ed era il solo a cui desse del tu, prese a trattarlo freddamente. E lui? Era strano a vedersi, e anche penoso: più Nino e Deliliers moltiplicavano le sgarberie nei suoi confronti, e più lui si agitava nel vano tentativo di riuscire simpatico. Per una parola buona, uno sguardo di consenso, un sorriso divertito che gli fossero venuti dai due, avrebbe fatto davvero qualsiasi cosa.

Con Nino, che era a giudizio unanime l'intellettuale del gruppo, e l'anno precedente aveva partecipato a Venezia ai Littoriali della Cultura e dell'Arte (si era classificato quinto in Dottrina del Fascismo, e secondo assoluto in Critica cinematografica), cercava di intavolare discussioni che dessero modo al nostro compagno di brillare: sul cinema, appunto, e perfino sulla politica, sebbene di politica, come precisò più volte, lui non se ne intendesse granché.

Ma era sfortunato. Non ne azzeccava una.

Cominciava a discorrere di cinema (qui se ne intendeva: erano anni, fra l'altro, che passava le serate nei cinema!), e Nino gli dava subito addosso con urla isteriche, come se non gli riconoscesse nemmeno il diritto di parlarne, come se sentirgli dichiarare, non so, che le vecchie comiche di Ridolini erano « stupende » (Nino dal canto suo le aveva più volte definite « fondamentali »), bastasse di colpo, sull'argomento, a fargli cambiare radicalmente « posizione ».

Respinto, tentò allora con la politica. La guerra di Spagna stava ormai per concludersi con la vittoria di Franco e del fascismo. Una mattina, dopo aver scorso la prima pagina del *Corriere della Sera*, evidentemente sicuro di non stare dicendo nulla che potesse dispiacere né a Nino né a nessun altro di noi, ma anzi convinto senza il minimo dubbio di trovarci tutti quanti del suo parere, Fadigati espresse l'opinione, a quell'epoca niente affatto peregrina, che l'imminente trionfo dei « nostri legionari » fosse da considerarsi una gran bella cosa. E invece ecco, d'un tratto, scatenarsi l'imprevedibile. Come attraversato dalla corrente elettrica, e alzando la voce in modo tale che Bianca a un certo punto pensò bene di mettergli una mano sulla bocca, Nino cominciò a sbraitare che « forse » era un disastro, viceversa, altro che storie!, che « forse era il principio della fine », e che si vergognasse, lui, alla sua età, di essere rimasto così « irresponsabile ».

« Scusa, caro figliolo... vedi... se permetti... », badava a ripetere Fadigati, pallido più d'un morto. Smarrito sotto l'imperversare della bufera, non capiva. Girava gli occhi attorno quasi a chiedere una spiegazione. Ma anche noi eravamo troppo sconcertati per dargli retta: specie io che l'anno avanti, nel corso di una delle solite discussioni, ero stato accusato proprio da Nino – gentiliano, lui, e ardente assertore dello Stato etico – di essere imbevuto di « scetticismo crociano »... E poi, alla fin fine, erano davvero atterriti gli occhi rotondi del dottore, o non, piuttosto, brillando vividi dietro le lenti, pieni di un'acre soddisfazione, di una infantile, inesplicabile, cieca allegria?

Un'altra volta si parlava tutti assieme di sport.

Se in materia di cultura Nino Bottecchiari era ritenuto il nostro numero uno, nello sport era Deliliers che primeggiava indiscutibilmente. Ferrarese soltanto per parte di madre (nativo di Imperia, mi sembra, o di Ventimiglia, il padre era morto nel '18 sul Grappa, alla testa di una compagnia di Arditi), anche lui, come Vittorio Molon, aveva compiuto a Ferrara soltanto le scuole medie superiori, cioè i quattro anni del liceo scientifico. Quei quattro anni erano stati ad ogni modo più che sufficienti per fare di Eraldo, che nel '35 aveva vinto il campionato regionale di boxe, categoria allievi, pesi medi, e a parte questo era un bellissimo ragazzo, alto un metro e ottanta e con un volto e un corpo da statua greca, un reuccio locale vero e proprio. Già gli si attribuivano, e non aveva ancora vent'anni, tre o quattro conquiste clamorose. Una sua compagna di scuola, suicidatasi l'anno stesso che lui aveva vinto il titolo di campione emiliano, lo aveva fatto, si diceva, per amor suo. Da un giorno all'altro lui non l'aveva più nemmeno guardata; e allora lei, poverina, era corsa difilato a buttarsi in Po. Certo è che anche nell'ambiente studentesco Eraldo Deliliers veniva, più che amato, addirittura idolatrato. Per vestirci ci si regolava sui suoi abiti, che la madre gli spazzolava, smacchiava e stirava perfettamente. Stare accanto a lui la domenica mattina, al Caffè della Borsa, con la schiena appoggiata a una colonna del portico e guardando le gambe delle donne che passavano, era considerato un autentico privilegio.

Insomma una volta, in treno, verso la fine di maggio, stavamo discutendo di sport con Deliliers. Dall'atletica si finì a discorrere di boxe. Non dava mai troppa confidenza a nessuno, Deliliers. Quel giorno, al contrario, si aprì abbastanza. Disse che di studiare non gli andava, che aveva bisogno di troppi soldi « per vivere », e che perciò, se gli fosse riuscito un certo « colpetto » che meditava, si sarebbe poi dedicato completamente alla « nobile arte ».

« Come professionista? », osò chiedergli Fadigati.

Deliliers lo guardò come si guarda uno scarafaggio.

« Si capisce », disse. « Ha paura che mi rovini la faccia, dottore? »

« Della faccia non me ne importa, per quanto, vedo, è già molto segnata lungo gli archi sopraccigliari. Sento comunque il dovere di avvertirla che la boxe, specie se praticata professionalmente, a lungo andare risulta deleteria per l'organismo. Se fossi nel governo, io proibirei il pugilato: anche quello dilettantistico. Più che uno sport, lo considero una specie di assassinio legale. Pura brutalità organizzata... »

« Ma faccia il piacere! », lo interruppe Deliliers. « Ha mai visto tirare? »

Fadigati fu costretto ad ammettere di no. Disse che, per quanto medico, violenza e sangue gli facevano orrore.

« E allora, se non ha mai visto tirare », tagliò corto Deliliers, « perché parla? Chi ha chiesto il suo parere? »

E di nuovo, mentre Deliliers gli indirizzava quasi gridando queste parole, e quindi, voltategli le spalle, spiegava a noi assai più calmo che la boxe, « al contrario di quello che certi fessi possono pensare », è gioco di gambe, scelta di tempo, e scherma, in sostanza, soprattutto scherma, di nuovo vidi brillare negli occhi di Fadigati la luce assurda ma inequivocabile di una interna felicità.

Nino Bottecchiari era l'unico fra noi che non venerasse Deliliers. Non erano amici, però si rispettavano a vicenda. Di fronte a Nino, Deliliers attenuava di parecchio le sue abituali pose da *gangster*, e Nino, dal canto suo, faceva molto meno il professore.

Una mattina Nino e Bianca non c'erano (fu a giugno, mi pare, durante gli esami). Nello scompartimento eravamo soltanto in sei, tutti uomini.

Avevo un po' di mal di gola, e me ne ero lamentato. Ricordandosi che da ragazzo, durante il periodo dello sviluppo, aveva dovuto curarmi a varie riprese per degli ascessi tonsillari, Fadigati si offerse subito di darmi una « guardata ».

« Vediamo ».

Rialzò gli occhiali sulla fronte, mi prese il capo fra le mani, e cominciò a scrutarmi nelle fauci.

« Faccia *aaa* », ordinò, con piglio professionale.

Eseguii. E lui era ancora lì che mi esaminava la gola, e intanto si raccomandava, bonario e paterno, che mi riguardassi, che non sudassi, perché le tonsille, « sebbene ormai abbastanza ridotte », erano rimaste chiaramente il mio... « tallone d'Achille », quando Deliliers ad un tratto uscì a dire:

« Scusi, dottore. Appena ha finito, le dispiacerebbe dare una guardatina anche a me? »

Fadigati si voltò: sbalordito evidentemente della richiesta, e del tono soave con cui Deliliers l'aveva formulata.

« Cosa prova? », domandò. « Le fa male a inghiottire? »

Deliliers lo fissava coi suoi occhi azzurri. Sorrideva, scoprendo appena gli incisivi.

« Non ho mica male alla gola », disse.

« E dove, allora? »

« Qua », fece Deliliers, accennando ai propri pantaloni, all'altezza dell'inguine.

Spiegò quindi calmo, indifferente, ma non senza una punta di orgoglio, che soffriva da circa un mese delle conseguenze di un « regalo delle verginelle di via Bomporto »: una « notevole fregatura, altro che balle! », a causa della quale aveva dovuto sospendere « anche » la ginnastica in palestra. Il dottor Manfredini – aggiunse – lo curava col blu di metilene e con quotidiane irrigazioni di permanganato. Ma la cura andava per le lunghe, e lui invece aveva bisogno di ristabilirsi al più presto.

« Le mie donne cominciano a lamentarsi, capirà... E dunque: vorrebbe essere così gentile da darmi un'occhiata anche lei? »

Fadigati era tornato a sedersi.

« Ma caro », balbettò, « lei sa bene che di quel genere di malattie lì io non me ne intendo. E poi, il dottor Manfredini... »

« Vada là che se ne intende, e come! », sogghignò Deliliers.

« Senza dire che qui, in treno... », riprese Fadigati, guardando spaventato verso il corridoio, « qui in treno... come si fa?... »

« Oh, per questo », replicò pronto Deliliers, torcendo le labbra sprezzante, « c'è sempre il gabinetto, se vuole ».

Ci fu un attimo di silenzio.

Fu Fadigati a scoppiare per primo in una gran risata.

« Ma lei scherza! », gridò. « Possibile che scherzi sempre? Mi prende proprio per un ingenuo! »

Quindi, curvandosi un poco di fianco, e battendogli con la mano sopra un ginocchio:

« Eh, lei deve stare attento! », disse. « Se non sta attento, un giorno o l'altro farà una brutta fine! »

E Deliliers di rimando, ma serio:

« Badi di non farla lei, piuttosto ».

Di lì a qualche giorno capitammo verso le sei di sera da

Majani, in via Indipendenza. Faceva un gran caldo. Era stato Nino Bottecchiari a lanciare la proposta di un gelato. Se non l'avessimo preso – aveva detto –, fra poco, in « direttissimo », avremmo avuto tempo abbondante per pentircene.

Anche allora, prima del rammodernamento del '40, la Pasticceria Majani era una delle maggiori di Bologna. Consisteva di una enorme sala semibuia, dal cui soffitto, altissimo e tenebroso, pendeva un solo, gigantesco lampadario di vetro di Murano. Del diametro di due o tre metri, raffigurava una rosa. Lo gremivano in gran quantità certe piccole lampadine impolverate dalle quali pioveva in basso una luce straordinariamente debole.

Non appena fummo entrati, gli occhi ci corsero al fondo della sala, di dove proveniva un suono di risate.

Saranno stati una ventina di ragazzi, la maggior parte in tuta sportiva blu scura: chi buttato a sedere, chi in piedi, e ciascuno alle prese con un semifreddo in coppa o con un cono gelato. Intanto parlavano ad alta voce, negli accenti più varî: bolognesi, romagnoli, veneti, marchigiani, toscani. A guardarli, si capiva che appartenevano a quella particolare categoria di studenti universitari assai più assidua di stadi e piscine che non di aule scolastiche e di biblioteche.

Eccetto Deliliers, che subito ci salutò alzando di lontano il braccio in un gesto amichevole, da principio non ravvisammo tra i presenti nessun'altra persona di conoscenza. Ma dopo qualche istante, quando ci fummo abituati alla mezza luce dell'ambiente, scorgemmo confuso nel gruppo un signore attempato che sedeva accanto a Deliliers volgendo le spalle all'ingresso. Stava lì, col cappello in testa, le mani raccolte sul pomo del bastone e senza prendere niente. Aspettava. Come un padre dal cuore tenero, il quale abbia acconsentito a pagare il gelato a un branco di figli e nipotini turbolenti, e attenda in silenzio, un po' vergognoso, che i cari marmocchi abbiano finito di leccare e succhiare a loro piacere, per poi, più tardi, portarseli a casa...

Quel signore era il dottor Fadigati, naturalmente.

8

Anche quell'estate andammo in villeggiatura a Riccione, sulla vicina costa adriatica. Ogni anno succedeva la stessa cosa. Mio padre, dopo aver invano tentato di trascinarci in montagna, sulle Dolomiti, nei luoghi dove aveva fatto la guerra, alla fine si rassegnava a tornare a Riccione, a riprendere in affitto la medesima villetta accanto al Grand Hôtel. Ricordo molto bene. Io, la mamma, e Fanny, la nostra sorellina minore, ci muovemmo da Ferrara il 10 di agosto, insieme con la donna di servizio (Ernesto, l'altro mio fratello, si trovava in Inghilterra dalla metà di luglio, *au pair* presso una famiglia di Bath per impratichirsi nella lingua). Quanto a mio padre, che era rimasto in città, ci avrebbe raggiunti più tardi: non appena la cura della campagna di Masi Torello glielo avesse consentito.

Lo stesso giorno del nostro arrivo seppi subito di Fadigati e Deliliers. Sulla spiaggia, affollata anche allora da ferraresi in villeggiatura con le famiglie, non si parlava che di loro, della loro « amicizia scandalosa ».

A cominciare dai primi di agosto, infatti, i due erano stati visti passare da un albergo all'altro delle varie cittadine balneari disseminate tra Porto Corsini e la Punta di Pesaro. Erano comparsi la prima volta a Milano Marittima, di là dal porto-canale di Cervia, fissando una bella camera all'Hôtel Mare e Pineta. Dopo una settimana si erano spostati a Cesenatico, all'Hôtel Britannia. E poi, via via, destando ovunque enorme scalpore e voci infinite, a Viserba, a Rimini, a Riccione stessa, a Cattolica. Viaggiavano in macchina: una Alfa Romeo 1750 a due posti, rossa, tipo Mille Miglia.

Intorno al 20 agosto, impensatamente, eccoli di nuovo a Riccione, piazzati al Grand Hôtel come una decina di giorni avanti.

L'Alfa Romeo era nuova di zecca, il suo motore mandava una specie di ringhio. Oltre che per viaggiare, i due amici la adoperavano anche per la passeggiata di ogni pomeriggio, quando, all'ora del tramonto, la massa dei bagnanti risaliva dall'arenile per riversarsi sul lungomare. Guidava sempre Deliliers. Biondo, abbronzato, bellissimo nelle sue magliette aderenti, nei suoi pantaloni di lana color crema (alle mani, appoggiate con negligenza al volante, ostentava certi guanti di camoscio traforato del cui prezzo non era lecito dubitare), evidentemente era a lui, al suo esclusivo capriccio, che la macchina ubbidiva. L'altro non faceva nulla. Tutto fiero del suo berretto piatto di panno scozzese e dei suoi occhiali da seconda-guida o da meccanico (oggetti da cui non si separava nemmeno se l'automobile, fendendo la calca a fatica, dovesse percorrere a passo d'uomo il tratto di viale davanti al Caffè Zanarini), si limitava a farsi scarrozzare su e giù, costretto nel sedile a fianco del compagno.

Continuavano a dormire nella stessa stanza, a mangiare allo stesso tavolo.

E sedevano al medesimo tavolino anche la sera, quando l'orchestra del Grand Hôtel, trasportati gli strumenti dal salone da pranzo a pianterreno sulla terrazza esterna esposta alla brezza marina, passava dai brani di musica leggera alla musica sincopata. Ben presto la terrazza si riempiva (ci andavo molto spesso anche io, coi nuovi amici del mare), e

Deliliers non si lasciava sfuggire né un tango, né un valzer, né un passo doppio, né uno *slow*. Fadigati non ballava, si capisce. Portando ogni tanto alle labbra la cannuccia che pescava nella bibita, non cessava però di seguire con l'occhio rotondo, di sopra l'orlo del bicchiere, le perfette evoluzioni che l'amico lontano compiva abbracciato alle ragazze e alle signore più eleganti, più vistose. Rientrati dalla corsa in macchina, entrambi erano subito saliti in camera a mettere lo *smoking*. Serio, di pesante stoffa nera quello di Fadigati; con la giacchetta bianca, attillata e corta ai fianchi, quello di Deliliers.

Facevano assieme anche vita di spiaggia: per quanto, la mattina, fosse di solito Fadigati a uscire per primo dall'albergo.

Arrivava quando non c'era ancora quasi nessuno, fra le otto e mezzo e le nove, salutato con rispetto dai bagnini, ai quali, secondo ciò che loro stessi dicevano, era sempre molto largo di mance. Vestito da capo a piedi di un normale abito da città (solo più tardi, quando il caldo aumentava, si decideva a sbarazzarsi della cravatta e delle scarpe, ma il panama bianco, con la tesa abbassata sopra gli occhiali neri, quello non se lo toglieva mai), andava a sedersi sotto l'ombrellone solitario che per suo ordine era stato piantato più avanti di tutti gli altri, a pochi metri dalla riva. Sdraiato su una *chaise longue*, le mani intrecciate dietro la nuca e un libro giallo aperto sulle ginocchia, rimaneva così per due ore buone a guardare il mare.

Deliliers non sopraggiungeva mai prima delle undici. Col suo bel passo da belva pigra, reso anche più elegante dal leggero impedimento degli zoccoli, eccolo che attraversava senza affrettarsi lo spazio di sabbia infuocata tra i capanni e le tende. Era quasi nudo, lui. Le braghette bianche che finiva di allacciarsi sull'anca sinistra giusto in quel momento, la stessa catenina d'oro che portava al collo e da cui pendeva, in cima al torace, il ciondolo della Madonna, accentuavano in qualche modo la sua nudità. E sebbene, specie i primi giorni, gli costasse un certo sforzo salutare perfino me, quando mi vedeva lì, al riparo della nostra tenda; sebbene, passando tra i varchi delle tende e degli ombrelloni, non mancasse mai di arricciare la fronte in segno di fastidio: non per questo c'era troppo da credergli. Era chiaro che si sentiva ammirato dalla maggior parte degli astanti, dagli uomini come dalle donne, e che ciò gli faceva un gran piacere.

Senza dubbio lo ammiravano tutti, uomini e donne. Ma toccava poi a Fadigati scontare in qualche modo l'indulgenza che il settore ferrarese della spiaggia di Riccione riservava a Deliliers.

Nostra vicina di tenda era quell'anno la signora Lavezzoli, la moglie dell'avvocato. Perduta ormai l'antica importanza, oggi non è più che una vecchia. Ma allora, nel maturo splendore dei suoi quarant'anni, circondata dal perpetuo ossequio dei tre figli adolescenti, due maschi e una femmina, e da quello non meno perpetuo del degno consorte, illustre civilista, professore universitario ed ex deputato salandrino, allora era da considerarsi una delle più autorevoli ispiratrici dell'opinione pubblica cittadina.

Puntando dunque l'occhialetto verso l'ombrellone a cui Deliliers era approdato, la signora Lavezzoli, che era nata e cresciuta a Pisa, « in riva d'Arno », e si serviva con straordinaria destrezza della sua veloce lingua toscana, ci teneva continuamente informati di tutto quanto accadesse « laggiù ».

Con la tecnica, quasi, di un cronista sportivo della radio, riferiva ad esempio che « gli sposini », alzatisi d'un tratto dalle sedie a sdraio, stavano dirigendosi alla volta del più vicino moscone: evidentemente il giovanotto aveva espresso il desiderio di tuffarsi al largo, e il « signor dottore », per non rimaner solo, « in palpiti », ad attenderne il ritorno, aveva ottenuto di accompagnarlo. Oppure descriveva e commentava gli esercizi ginnastici a corpo libero che Deliliers dopo il bagno eseguiva al sole per asciugarsi, quando invece « l'amato bene », inattivo lì accanto con un asciugatoio di spugna in mano, era chiaro che sarebbe intervenuto così volentieri per fare lui, per asciugare lui, per toccare lui...

Oh, quel Deliliers – soggiungeva poi, sempre da tenda a tenda, rivolta in particolare a mia madre: credendo forse d'abbassare la voce in modo tale che i « figlioli » non sarebbero riusciti a udirla, ma in realtà parlando più forte che mai –, quel Deliliers non era in fondo che un ragazzo viziato, un « ragazzaccio » a cui il servizio militare sarebbe a suo tempo tornato utilissimo. Il dottor Fadigati invece no. Un signore della sua condizione, della sua età, non era scusabile in nessun modo. Era « così »? Ebbene, pazienza! Chi gliene aveva fatto eccessivo carico, prima d'ora? Ma venire a esibirsi proprio a Riccione, dove certo non ignorava come fosse conosciuto, venire a dar spettacolo proprio da quelle parti, mentre in Italia, volendo, di spiagge nelle quali non c'è pericolo di imbattersi in un ferrarese che sia uno se ne trovano a migliaia! No, via. Solamente da uno « sporcaccione » (e così dicendo la signora Lavezzoli mandava fuori dai grandi occhi celesti di regina fiamme di autentica indignazione), solamente da un « vecchio degenerato » ci si sarebbe potuti aspettare un tiro del genere.

La signora Lavezzoli parlava, ed io avrei dato molto perché tacesse, una buona volta. La sentivo ingiusta. Fadigati mi dispiaceva, senza dubbio, ma non era da lui che mi consideravo offeso. Conoscevo alla perfezione il carattere di Deliliers. In quella scelta delle spiagge romagnole, così prossime a Ferrara, c'era tutta la sua cattiveria e strafottenza. Fadigati non c'entrava, ne ero sicuro. Per me lui si vergognava. Se non salutava, se anche lui fingeva di non riconoscermi, doveva essere soprattutto per questo.

A differenza dell'avvocato Lavezzoli, che si trovava al mare dai primi di agosto, e dunque era al corrente come gli altri dello scandalo (sotto la tenda, però, mentre la moglie teneva cattedra, non faceva che leggere *Antonio Adverse*, né mai l'udii interloquire), mio padre capitò a Riccione soltanto il 25 mattina, un sabato: ancora più tardi del preventivato, e ovviamente ignaro di tutto. Arrivò in treno all'improvviso. Non trovando a casa nessuno, nemmeno la cuoca, scese senz'altro sulla spiaggia.

Si accorse quasi subito di Fadigati. Prima che mia madre o i Lavezzoli potessero trattenerlo, si diresse allegro verso di lui.

Fadigati sussultò, si volse. Mio padre gli aveva già teso la mano, e lui stava ancora cercando di tirarsi su dalla *chaise longue*.

Alla fine ci riuscì. Dopodiché, per cinque minuti almeno, li vedemmo parlare in piedi sotto l'ombrellone voltandoci le spalle.

Guardavano entrambi l'immobile lastra del mare, liscia, pallidamente luminosa, senza una increspatura. E mio padre, il quale esprimeva dall'intera persona la felicità di aver « chiuso bottega » (così diceva quando da Riccione intendeva riferirsi a tutte le non piacevoli cose lasciate in città: affari, casa vuota, calura estiva, malinconici pranzi da *Roveraro*, zanzare, eccetera), indicava a Fadigati col braccio alzato le centinaia di mosconi sparsi a varia distanza dalla riva, nonché lontanissime, appena visibili all'orizzonte e quasi sospese a mezz'aria, le vele color ruggine delle paranze e dei bragozzi.

Vennero da ultimo verso la nostra tenda, Fadigati facendosi precedere da mio padre di circa un metro, e col volto atteggiato a una strana espressione, tra implorante, disgustata, e colpevole. Saranno state le undici, Deliliers non era ancora apparso. Mentre mi alzavo per andar loro incontro, notai che il dottore lanciava verso la linea dei capanni, di dove da un momento all'altro sperava, o temeva, di veder spuntare l'amico, una rapida occhiata piena di inquietudine.

9

Baciò la mano di mia madre.

« Lei conosce l'avvocato Lavezzoli, non è vero? », disse subito mio padre, ad alta voce.

Fadigati ebbe un attimo di esitazione. Guardò mio padre, accennando di sì col capo; quindi, sulle spine, si volse verso la tenda dei Lavezzoli.

L'avvocato appariva più che mai assorbito dalla lettura di *Antonio Adverse*. I tre « figlioli », sdraiati bocconi sulla sabbia a due passi di distanza, in circolo attorno a un asciugamano di spugna azzurro, prendevano il sole sulla schiena, immobili come lucertole. La signora stava ricamando una tovaglia che le ricadeva in lunghe pieghe dalle ginocchia. Sembrava una Madonna rinascimentale sul suo trono di nuvole.

Famoso per il suo candore, mio padre non si rendeva conto delle cosiddette « situazioni » prima di trovarcisi immerso fino al collo.

« Avvocato », gridò, « guardi qui chi c'è! »

Anticipando la risposta del marito, la signora Lavezzoli fu pronta a intervenire. Alzò di scatto gli occhi dalla tovaglia, e, d'impeto, tese il dorso della mano a Fadigati.

« Ma sì... ma sì... », gorgheggiò.

Fadigati avanzò avvilito nel sole, e al solito un po' barcollava per via delle scarpe e della rena. Raggiunta comunque la tenda dei Lavezzoli, baciò la mano della signora, strinse quella dell'avvocato che nel frattempo si era alzato in piedi, strinse ad una ad una quelle dei tre ragazzi. Infine ritornò verso la nostra tenda, dove mio padre gli aveva già preparato una *chaise longue* di fianco a quella della mamma. Sembrava molto più sereno di poc'anzi: sollevato come uno studente dopo un esame difficile.

Non appena si fu seduto esalò un sospiro di soddisfazione.

« Però che bello, qui », disse, « che bella ventilazione! »

Si girò di tre quarti per parlarmi.

« Ricorda a Bologna, il mese scorso, che razza di caldo faceva? »

Spiegò quindi a mio padre e a mia madre, ai quali non avevo mai raccontato dei nostri periodici incontri sull'accelerato mattutino delle sei e cinquanta, come negli ultimi tre mesi ci fossimo fatti « ottima compagnia ». Si esprimeva con disinvoltura mondana. Non gli pareva vero, lo si capiva benissimo, di ritrovarsi lì, con noi, perfino coi temuti Lavezzoli, restituito al suo ambiente, riaccettato dalla società di persone colte e beneducate a cui aveva sempre appartenuto « Aah! », faceva di continuo, allargando il petto ad accogliere la brezza marina. Era chiaro che si sentiva felice, libero, e insieme penetrato di gratitudine nei confronti di tutti coloro che gli permettevano di sentirsi così.

Frattanto mio padre aveva riportato il discorso sull'afa incredibile dell'agosto ferrarese.

« La notte non si dormiva », diceva, contraendo il viso in una smorfia di sofferenza: come se gli bastasse il ricordo del caldo cittadino per provarne ancora tutta l'oppressione. « Mi creda, dottore, non si riusciva a chiudere occhio. C'è chi fa cominciare l'Evo moderno dall'anno in cui è stato inventato il Flit. Non discuto. Ma il Flit vuole anche dire finestre tutte chiuse. E le finestre chiuse significano lenzuola che ti si attaccano alla pelle per il sudore. Non scherzo. Fino a ieri vedevo avvicinarsi la notte terrorizzato. Maledette zanzare! »

« Qui è diverso », disse Fadigati con slancio entusiastico. « Anche nelle notti più calde qui c'è sempre modo di respirare ».

E cominciò a diffondersi sui « vantaggi » della costa adriatica in confronto alle altre coste del resto d'Italia. Era veneziano – ammise –, aveva trascorso l'infanzia e l'adolescenza al Lido, e quindi il suo giudizio peccava forse di parzialità. Però l'Adriatico a lui sembrava di gran lunga più riposante del Tirreno.

La signora Lavezzoli stava con le orecchie tese. Dissimulando l'intenzione maligna dietro un finto orgoglio municipale, assunse impetuosamente le difese del Tirreno. Dichiarò che se si fosse trovata nelle condizioni di poter scegliere fra una villeggiatura a Riccione e una a Viareggio, non avrebbe esitato nemmeno un momento.

« Guardi certe sere », aggiunse. « A passare davanti al Caffè Zanarini, si ha spesso la sensazione di non essersi spostati da Ferrara di un solo chilometro. Almeno l'estate uno desidererebbe, siamo sinceri, vedere altre facce, diverse una buona volta da quelle che gli vengono offerte tutto il resto dell'anno. Sembra di camminare per la Giovecca, oppure per corso Roma, sotto i portici del Caffè della Borsa. Non trova? »

A disagio, Fadigati si mosse sulla *chaise longue*. Di nuovo gli occhi gli sfuggirono verso i capanni. Ma di Deliliers ancora niente.

« Può darsi, può darsi », rispose con un sorriso nervoso, tornando a portare gli sguardi sul mare.

Come ogni mattina fra le undici e mezzogiorno, l'acqua

aveva cambiato colore. Non era già più la massa scialba, oleosa, di mezz'ora avanti. Il vento teso che proveniva dal largo, il sole pressoché a picco, l'avevano trasformata in una distesa azzurra, sparsa di innumerevoli scintille d'oro. La spiaggia cominciava a essere attraversata di corsa dai primi bagnanti. E anche i tre ragazzi Lavezzoli, dopo aver chiesto permesso alla madre, si diressero verso il loro capanno per cambiarsi di costume.

« Può darsi », ripeté Fadigati. « Ma dove li trova, cara signora, pomeriggi come quelli che il sole ci prepara da queste parti, quando si avvia a calare dietro

l'azzurra visïon di San Marino? »

Aveva declamato il verso del Pascoli con voce cantante, leggermente nasale, spiccando ogni sillaba e facendo risaltare la dieresi di « visïon ». Seguì un silenzio imbarazzato; ma già il dottore ricominciava a discorrere.

« Mi rendo conto », continuò, « che i tramonti della Riviera di Levante sono magnifici. Tuttavia bisogna sempre pagarli a caro prezzo: al prezzo, voglio dire, di pomeriggi infuocati, col mare trasformato in una specie di specchio ustorio, e con la gente costretta a starsene tappata in casa, o, al massimo, a rifugiarsi nelle pinete. Avrà invece notato il colore dell'Adriatico dopo le due o le tre. Più che azzurro, diventa nero: insomma non se ne resta abbacinati. La superficie dell'acqua assorbe i raggi del sole, non li riflette. O meglio li riflette, sì, ma in direzione della... Jugoslavia! Io, per me », concluse, affatto smemorato, « non vedo l'ora di aver mangiato per tornare subito sulla spiaggia. Le due del pomeriggio. Non c'è momento più bello per godersi in santa pace il nostro divino Amarissimo! »

« Immagino che ci verrà in compagnia di quel suo...

quel suo amico inseparabile », disse acida la signora Lavezzoli.

Richiamato così sgarbatamente alla realtà, Fadigati tacque, confuso.

Quand'ecco, un improvviso assembrarsi di persone a qualche centinaio di metri di distanza, dalla parte di Rimini, attirò l'attenzione di mio padre.

« Che cosa succede? », chiese, portandosi una mano alla fronte per veder meglio.

Attraverso il vento giunsero grida di evviva miste a battimani.

« È il Duce che scende in acqua », spiegò la signora Lavezzoli, compunta.

Mio padre storse la bocca.

« Possibile che non ci si salvi nemmeno al mare? », si lamentò fra i denti.

Romantico, patriota, politicamente ingenuo e inesperto come tanti altri ebrei italiani della sua generazione, anche mio padre, tornando dal fronte nel '19, aveva preso la tessera del Fascio. Era stato dunque fascista fin dalla « prima ora », e tale in fondo era rimasto nonostante la sua mitezza e onestà. Ma da quando Mussolini, dopo le baruffe dei primi tempi, aveva cominciato a intendersela con Hitler, era diventato inquieto. Non faceva che pensare a un possibile scoppio di antisemitismo anche in Italia; e ogni tanto, pur soffrendone, si lasciava sfuggire qualche amara parola contro il Regime.

« È così semplice, così umano », proseguì senza badargli la signora Lavezzoli. « Da bravo marito, ogni sabato mattina prende la macchina, e via, è capace di far tutta una tirata da Roma fino a Riccione ».

« Davvero bravo », sogghignò mio padre. « Chissà come sarà contenta Donna Rachele! »

Guardava l'avvocato Lavezzoli con intenzione, in cerca

dei suo consenso. Non era senza tessera, l'avvocato Lavez zoli? Non era stato firmatario nel '24 del famoso manifesto Croce, e almeno per qualche anno, almeno fino al '30, tenuto in conto di « demoliberale » e disfattista? Tutto però fu vano. Sebbene distolti finalmente dalle fitte pagine di *Antonio Adverse*, gli occhi dell'avvocato si mantennero insensibili al muto richiamo di quelli di mio padre. Allungando il collo, socchiudendo le palpebre, l'illustre avv. prof. scrutava ostinato in direzione del mare. I « figlioli » avevano preso a nolo un moscone, e stavano spingendosi troppo al largo.

« L'altro sabato », diceva intanto la signora Lavezzoli, « io e Filippo si rincasava a braccetto per viale dei Mille. Erano le sette e mezzo, o giù di lì. D'un tratto, dal cancello d'una villa, chi ti vedo uscire? Il Duce in persona, vestito di bianco da capo a piedi. Io feci: "Buona sera, Eccellenza". E lui, gentilissimo, togliendosi il cappello: "Buona sera, signora". Non è vero, Pippo », soggiunse, girata verso il marito, « non è vero che fu gentilissimo? »

L'avvocato annuì.

« Forse dovremmo avere la modestia di riconoscere di aver sbagliato », disse gravemente, rivolto a mio padre. « L'Uomo, non dimentichiamolo, ci ha dato l'Impero ».

Come se fossero state incise sopra un nastro magnetico, ritrovo nella memoria ad una ad una tutte le parole di quella lontana mattina.

Dopo aver pronunciato la sua sentenza (a udirla, mio padre aveva sgranato tanto d'occhi), l'avvocato Lavezzoli era tornato alla lettura. Ma la signora non aveva ormai più ritegno. Spronata dalla frase del coniuge, e in particolare da quella parola, « Impero », che magari non aveva mai colto prima d'allora dalle austere labbra di lui, insisteva a non finire sul « buon cuore » del Duce, sul suo generoso sangue romagnolo.

« A questo proposito », disse, « voglio raccontarvi un episodio di cui sono stata testimone io stessa tre anni fa, proprio qui, a Riccione. Una mattina il Duce stava facendo il bagno coi due ragazzi maggiori, Vittorio e Bruno. Verso l'una viene su dall'acqua, e cosa ti trova, ad attenderlo? Un dispaccio telegrafico arrivato un attimo prima, che gli comunica la notizia dell'assassinio del cancelliere austriaco Dollfuss. Quell'anno la nostra tenda era a due passi dalla tenda dei Mussolini: dunque quello che dico è la pura verità. Non appena ebbe letto il telegramma il Duce uscì in una gran bestemmia in dialetto (eh, si capisce, il temperamento è il temperamento!). Ma poi si mise a piangere, gliele ho vedute io le lacrime che gli rigavano le gote. Erano grandi amici, i Mussolini, dei Dollfuss. Anzi: la signora Dollfuss, una signora piccina, magra, modesta, tanto carina, appunto quell'estate era ospite loro, nella loro villa, insieme coi bambini. E lui piangeva, il Duce, certo pensando a ciò che di lì a qualche minuto, rientrato a casa per il desinare, avrebbe per forza dovuto dire a quella sventurata madre... »

Fadigati si alzò in piedi di scatto. Umiliato dalla frase velenosa della signora Lavezzoli, da quel momento in poi non aveva più aperto bocca. Sopra pensiero, non faceva che mordersi le labbra. Perché mai Deliliers tardava talmente? Che cosa gli era accaduto?

« Con permesso », balbettò impacciato.

« Ma è presto! », protestò la signora Lavezzoli. « Non aspetta il suo amico? Mancano ancora venti minuti al tocco! »

Fadigati borbottò qualcosa di incomprensibile. Strinse in giro tutte le mani, quindi si allontanò, arrancando, in direzione dell'ombrellone.

Raggiunto che ebbe l'ombrellone, si chinò a raccogliere il libro giallo e l'asciugamano di spugna. Dopodiché lo vedemmo attraversare di nuovo la spiaggia sotto il sole dell'una, ma questa volta diretto verso l'albergo.

Camminava a fatica, tenendo il libro giallo sotto il braccio e l'asciugamano sulla spalla, il volto disfatto dal sudore e dall'ansia. Tanto che mio padre, il quale era stato messo subito al corrente di ogni cosa, e lo seguiva con occhio impietosito, mormorò sottovoce:

« *Puvràz* ».

10

Subito dopo mangiato tornai da solo sulla spiaggia.

Mi sedetti sotto la tenda. Il mare era già diventato blu scuro. Quel giorno, però, cominciando da pochi metri dalla riva fino a perdita d'occhio, le cime di ogni onda inalberavano ciascuna un pennacchio più candido della neve. Il vento soffiava sempre dal largo, ma adesso un poco di traverso. Se alzavo il binocolo militare di mio padre in modo da inquadrare lo sperone della Punta di Pesaro che chiudeva l'arco della baia alla mia destra, lo vedevo piegare lassù in alto i tronchi dei pini, scompigliarne selvaggiamente le chiome. Sospinti dal cosiddetto vento greco del pomeriggio, i lunghi cavalloni venivano avanti a ranghi serrati e successivi. Prima che cominciassero a ridurre l'altezza dei loro cimieri di schiuma sino a farli sparire quasi del tutto negli ultimi metri, pareva che si precipitassero all'assalto della terraferma. Sdraiato sulla *chaise longue*, sentivo il sordo urto delle ondate contro la riva.

Il deserto del mare, da cui erano scomparse anche le vele dei pescherecci (l'indomani mattina, che era domenica, le avrebbe viste schierate in maggioranza lungo le banchine dei porti-canale di Rimini e di Cesenatico), rispondeva al deserto altrettanto completo della spiaggia. Sotto una tenda non lontana dalla nostra qualcuno faceva andare un grammofono. Non potrei dire che musica fosse: forse *jazz*. Per più di tre ore rimasi così, con gli occhi fissi a un vecchio pescatore di telline che veniva sarchiando il fondo del mare lì davanti, a pochissima distanza dall'asciutto, e con quella musica negli orecchi, non meno triste e instancabile. Quando mi levai su, poco dopo le cinque, il vecchio continuava ancora a cercare le sue telline, il grammofono a suonare. Il sole aveva allungato di molto le ombre delle tende e degli ombrelloni. Quella dell'ombrellone di Fadigati toccava ormai quasi l'acqua.

Dalla parte del mare, la rotonda dinanzi al Grand Hôtel confinava direttamente con le dune. Non appena vi misi piede, notai subito Fadigati seduto su una delle panchine di cemento di fronte alla scalinata esterna dell'albergo.

Anche lui mi vide.

« Buon giorno », dissi, avvicinandomi.

Accennò alla panchina.

« Perché non si siede? Sieda un momento ».

Obbedii.

Portò la mano al taschino interno della giacca, ne trasse un pacchetto di Nazionali, e me lo offrì.

Nel pacchetto non erano rimaste che due sigarette. Si accorse che esitavo ad accettare.

« Sono Nazionali! », esclamò con un lampo di strano fanatismo negli occhi.

Comprese infine la ragione della mia incertezza, e sorrise.

« Oh, prenda, prenda pure! Da buoni amici: una per lei, e una per me ».

Fischiando sull'asfalto della curva, una macchina irruppe nel piazzale. Fadigati si volse a guardarla, ma senza speranza. Infatti non era l'Alfa. Si trattava di una Fiat 1500, una berlina grigia.

« Credo che dovrò andare », dissi.

Tuttavia presi una delle due sigarette.
Notò i miei zoccoli.
« Vedo che viene dalla spiaggia. Chissà che bel mare, oggi! »
« Sì, ma non per fare il bagno ».
« Non le venga mai in mente di tuffarsi prima di una data ora, mi raccomando! », esclamò. « Lei è un ragazzo, avrà un cuore senza dubbio eccellente, fortunato lei, ma la congestione fulmina, *tac*, stronca anche i più robusti ».
Mi tese il fiammifero acceso.
« E adesso ha qualche appuntamento? »
Gli risposi che ero atteso per le sei dai ragazzi Lavezzoli. Avevamo fissato per quell'ora il campo di tennis dietro il Caffè Zanarini. Era vero che mancava ancora una ventina di minuti alle sei, ma dovevo passare da casa, cambiarmi, prendere la racchetta e le palle. Temevo insomma di non arrivare puntuale.
« E speriamo che Fanny non si metta in testa di venire anche lei! », aggiunsi. « La mamma non la lascerebbe andare prima di averle rifatto le trecce, col risultato che io perderei altri dieci minuti buoni ».
Mentre parlavo, lo vidi impegnato in una curiosa manovra. Staccò dalle labbra la Nazionale, per poi accenderla dal capo opposto, quello della marca. Quindi buttò via il pacchetto vuoto.
Soltanto a questo punto mi accorsi che il terreno dinanzi a noi era cosparso di mozziconi di sigarette, più di una dozzina.
« Ha visto come fumo? », disse.
« Già ».
Una domanda mi bruciava: « E Deliliers? ». Ma non ne fui capace.
Mi alzai in piedi e gli tesi la mano.
« Prima non fumava affatto, se non sbaglio ».

« Cerco anche io di dare il mio modesto contributo alla diffusione del... mal di gola », ridacchiò miserabilmente. « Ho pensato che mi conveniva ».

Mi allontanai di qualche passo.

« Ha detto il campo di tennis vicino a *Zanarini*, no? », mi gridò dietro. « Chissà che più tardi non venga ad ammirarvi ».

Come risultò di lì a poco, a Deliliers non era successo nulla di grave. Questo, in sostanza: che invece di fare il bagno a Riccione, di punto in bianco gli era venuto voglia di farlo a Rimini, dove, all'altezza dell'Hôtel Vittoria, conosceva certe sorelle di Parma. Aveva preso la macchina e via, era sparito senza nemmeno curarsi di lasciare due righe per il compagno di camera. Era tornato circa alle otto – raccontò la signora Lavezzoli che, insieme col marito, si trovava per caso nell'atrio del Grand Hôtel a bere un aperitivo –. Improvvisamente avevano veduto « quel Deliliers » attraversare l'atrio a gran passi, nero in faccia, e con Fadigati quasi in lacrime alle calcagna.

Fu Deliliers ad avvicinarmi quella sera stessa sulla terrazza del Grand Hôtel.

Ci ero venuto coi miei genitori e coi soliti Lavezzoli, avvocato e consorte. Tuttora stanco del tennis, non mi andava di ballare. Ascoltavo in silenzio la signora Lavezzoli, la quale, sebbene certo non ignorasse quanto la cosa potesse ferirci, si era messa a discorrere con pretese di « obbiettività » della Germania hitleriana, sostenendo che bisognava finalmente decidersi a riconoscerne « l'innegabile grandezza »

« Badi però, signora, che il *suo* Dollfuss pare che l'abbia liquidato proprio Hitler », dissi con un sogghigno.

Si strinse nelle spalle.

« Che cosa significa! », sbuffò.

Assunse l'espressione compiaciuta e longanime della

maestra di scuola disposta a giustificare nel primo della classe qualsiasi marachella.

« Sono purtroppo le esigenze della politica », continuò. « Lasciamo stare le simpatie o antipatie personali. Fatto si è che in determinate circostanze un Capo di Stato, uno Statista davvero degno di questo nome, per il bene e il vantaggio del proprio Popolo deve anche sapere passar sopra alle delicatezze della gente comune... della piccola gente come noi ».

Ed ebbe un sorriso pieno d'orgoglio, in netto contrasto con queste ultime parole.

Sconvolto, mio padre aprì la bocca per dire qualcosa. Ma come al solito la signora Lavezzoli non gliene dette il tempo. Con l'aria di cambiare discorso, e rivolgendosi direttamente a lui, era già passata a esporre il contenuto di un « interessante » articolo apparso nell'ultimo numero della *Civiltà Cattolica*, a firma del celebre Padre Gemelli.

Tema dell'articolo era la « vecchissima e vessatissima *question juive* ». Secondo il Padre Gemelli – riferiva la signora –, le ricorrenti persecuzioni, di cui gli « israeliti » venivano fatti oggetto in ogni parte del mondo da quasi duemila anni, non potevano esser spiegate altro che come segni dell'ira celeste. E l'articolo si chiudeva con la seguente domanda: è lecito al cristiano, anche se il suo cuore repugna, si capisce, da ogni idea di violenza, avanzare un giudizio su eventi storici attraverso i quali manifestamente si esprima la volontà di Dio?

A questo punto mi tirai su dalla poltroncina di vimini, e senza tanti complimenti mi eclissai.

Stavo dunque con la schiena appoggiata allo stipite della grande vetrata che separava il salone da pranzo dalla terrazza, e l'orchestra aveva attaccato, se non sbaglio, *Blue Moon*.

Ma tuu... pallida luna, perchèe...
sei tanto triste, cos'èe...

cantava l'abituale voce melensa. Ad un tratto sentii due dita toccarmi duramente una spalla.

« Ciao », fece Deliliers.

Era la prima volta, a Riccione, che mi rivolgeva la parola.

« Ciao », risposi. « Come va? »

« Oggi un po' meglio », disse ammiccando. « E tu cosa fai? »

« Leggo... studio... », mentii. « Ho due esami da dare a ottobre ».

« Eh già! », sospirò Deliliers, grattandosi pensierosamente col mignolo fra i capelli lucidi di brillantina.

Ma non gliene importava niente. Di colpo il suo volto mutò espressione. A bassa voce, con l'aria di mettermi a parte di un segreto importante, e guardandosi ogni tanto alle spalle come se temesse di venir sorpreso, mi raccontò in poche battute del bagno fatto a Rimini e delle due ragazze di Parma.

« Perché non ci vieni anche tu, domattina, in macchina? Io ci torno. Vieni, dài, aiutami! Non posso mica andare con due ragazze in una volta. E piantala di studiare! »

Fadigati apparve in fondo al salone, in *smoking*. Strizzando gli occhi miopi dietro le lenti, si guardava attorno. Dov'era la giacchetta bianca di Deliliers? Creata apposta per *Blue Moon*, la penombra tipo luna gli impediva di distinguere bene.

« Mah », dissi, « non so se potrò ».

« Ti aspetto in albergo ».

« Cercherò di venire. A che ora partiamo? »

« Alle nove e mezzo. D'accordo? »

« Sì, ma senza impegno ».

Accennai col mento a Fadigati.

« Ti vogliono ».

« Allora intesi, eh? », fece Deliliers, girando sui tacchi e dirigendosi verso l'amico intento a pulire febbrilmente gli occhiali col fazzoletto.

E di lì a qualche secondo il rombo inconfondibile dell'Alfa Romeo si levò dal piazzale sottostante ad avvertire tutto l'albergo che i due « sposini », forse per festeggiare nel modo più degno l'avvenuta riconciliazione, avevano deciso di concedersi una serata eccezionale.

11

L'indomani mattina, debbo ammetterlo, fui tentato per qualche momento d'andare a Rimini con Deliliers.

Ciò che più mi attirava era la corsa in macchina lungo la strada litoranea. Ma poi? – cominciai a dirmi quasi subito –. Quelle sorelle di Parma che tipi erano, veramente? Si trattava di ragazze qualsiasi da portare difilato in pineta (come era facile), oppure di due signorine di buona famiglia da intrattenere sulla spiaggia sotto i vigili occhi di un'altra signora Lavezzoli? In un caso come nell'altro (sebbene non fosse per nulla impossibile una eventualità intermedia...), non mi reputavo abbastanza amico di Deliliers per accettare a cuor leggero il suo invito. Strano. Deliliers non mi aveva mai dimostrato né molta simpatia né vera considerazione, e adesso invece mi chiedeva, quasi mi supplicava, di accompagnarlo a donne. Davvero strano. Non ci teneva soprattutto a far sapere in giro, per caso, servendosi di me, che lui con Fadigati non ci stava per vizio ma soltanto per pagarsi la villeggiatura, e che comunque gli preferiva sempre una ragazza?

« Va' la, patàca! », borbottai alla romagnola, già deciso a rimanere.

E poco più tardi, sulla spiaggia, scorgendo di lontano il dottore sotto l'ombrellone, abbandonato a una solitudine che mi parve di colpo immensa, immedicabile, mi sentii intimamente ripagato della rinuncia. Io almeno non lo avevo fatto fesso. Anziché associarmi a chi lo tradiva e lo sfruttava, avevo saputo resistere, conservargli un minimo di rispetto.

Un attimo prima che raggiungessi l'ombrellone, Fadigati si voltò.

« Ah, è lei », disse, ma senza sorpresa. « È gentile da parte sua venire a farmi visita ».

Tutto in lui esprimeva la stanchezza e il dolore di un litigio recente. Nonostante le probabili promesse della sera prima, Deliliers a Rimini c'era andato lo stesso.

Chiuse il libro che stava leggendo e lo posò su uno sgabello lì accanto, mezzo all'ombra e mezzo al sole. Non era il solito libro giallo, bensì un opuscolo sottile, ricoperto di vecchia carta fiorata.

« Che cosa leggeva? », chiesi, accennando all'opuscolo. « Versi? »

« Guardi pure ».

Era una edizione scolastica del primo canto dell'*Iliade*, corredata di traduzione interlineare.

« *Mènin aèide teà peleiàdeo Achillèos* », recitò lentamente, con un sorriso amaro. « L'ho trovato nella valigia ».

Mio padre e mia madre arrivavano proprio allora, la mamma tenendo Fanny per mano. Levai un braccio per avvertirli della mia presenza, e modulai il fischio di famiglia: la prima battuta di un *Lied* di Schubert.

Fadigati si volse, si alzò a metà dalla *chaise longue*, si levò il panama con deferenza. I miei genitori risposero assieme: mia madre chinando secca il capo, e mio padre toccando con due dita la visiera del berretto di tela bianca, nuovo fiammante. Capii subito che erano scontenti di trovarmi in compagnia di Fadigati. Non appena mi aveva visto, Fanny si era girata a chiedere qualcosa alla mamma, certo il permesso di raggiungermi. Ma mia madre l'aveva visibilmente trattenuta.

« Come è graziosa la sua sorellina », disse Fadigati. « Quanti anni ha? »

« Dodici: otto anni giusti meno di me », risposi imbarazzato.

« Ma loro sono in tre fratelli, mi pare ».

« Infatti. Due maschi e una femmina: a quattro anni di distanza l'uno dall'altro. Ernesto, il secondo, è in Inghilterra... »

« Che visetto intelligente! », sospirò Fadigati, continuando a guardare in direzione di Fanny. « E come le sta bene quel costumino rosa! È sempre una gran fortuna per una femminuccia avere dei fratelli ormai grandi ».

« È ancora molto bambina », dissi io.

« Oh, si capisce. Le avrei dato al massimo dieci anni. Del resto non vuol dire. Le bambine si sviluppano tutte in una volta... Vedrà che sorpresa... Fa il ginnasio? »

« Sì, la terza ».

Scosse il capo in atto di malinconica deplorazione: come se misurasse dentro se stesso tutta la fatica e tutto il dolore a cui ogni essere umano deve andare incontro per crescere, per maturare.

Ma pensava già ad altro.

« E i signori Lavezzoli? », domandò.

« Mah. Credo che stamattina non li vedremo prima di mezzogiorno. Per via della Messa ».

« Ah, è vero, oggi è domenica », disse trasalendo.

« Però, quando è così », soggiunse dopo un'altra pausa, mentre si alzava in piedi, « venga che andiamo a salutare i suoi genitori ».

Camminammo fianco a fianco sulla sabbia che già cominciava a scottare.

« Ho l'impressione », mi diceva frattanto, « ho l'impressione che la signora Lavezzoli non mi abbia troppo in simpatia ».

« Ma no, non credo ».

« Comunque è sempre meglio, penso, approfittare quando non c'è ».

Assenti i Lavezzoli, mio padre e mia madre non riuscirono a perseverare nei loro chiari propositi di sostenutezza. Specie mio padre, che in breve avviò col dottore una conversazione della massima cordialità.

Tirava un leggero vento di terra, il garbino. Sebbene il sole non avesse ancora raggiunto lo zenit, il mare, del tutto sgombro di vele, appariva già scuro: una coltre compatta, color del piombo. Forse perché reduce dalla lettura del primo canto dell'*Iliade*, Fadigati parlava del sentimento della natura nei Greci e del significato che secondo lui bisognava attribuire ad aggettivi come « purpureo » e « violaceo », applicati da Omero all'acqua dell'oceano. Mio padre parlò a sua volta di Orazio, e quindi delle *Odi barbare*, le quali rappresentavano, in polemica quasi quotidiana con me, il suo ideale supremo nel campo della poesia moderna. Conversavano tra loro tanto d'accordo, insomma (il fatto che Deliliers non dovesse spuntare da un momento all'altro di qua dai capanni giovava evidentemente all'equilibrio nervoso del dottore), che quando la famiglia Lavezzoli, fresca di Messa, sopraggiunse al completo verso mezzogiorno, Fadigati fu in grado di sopportare con disinvoltura le inevitabili frecciate della signora Lavezzoli, e anzi di ribattere a qualcuna di esse non senza efficacia.

Deliliers sulla spiaggia non l'avremmo più veduto: né quel giorno, né i successivi. Dalle sue scorribande in macchina mai che tornasse prima delle due dopo mezzanotte, e Fadigati, lasciato solo a se stesso, ricercava sempre più sovente la nostra compagnia.

Fu così, dunque, che oltre a frequentare nelle ore antimeridiane la nostra tenda (a mio padre in fondo non pareva vero poter discutere con lui di musica, di letteratura, di arte, invece che con la signora Lavezzoli di politica), prese l'abitudine, il pomeriggio, quando sentiva che io e i ragazzi Lavezzoli ci saremmo andati, di venire al campo di tennis dietro il Caffè Zanarini.

I nostri fiacchi palleggi a quattro, una coppia maschile contro una mista, non erano certo tali da entusiasmare. Se io me la cavavo mediocremente, Franco e Gilberto Lavezzoli sapevano appena impugnare la racchetta. Quanto poi a Cristina, la loro bionda, rosea, delicata sorella quindicenne (usciva allora allora da un collegio di monache fiorentino, e l'intera famiglia la portava in palmo di mano), come giocatrice valeva ancora meno dei fratelli. Si era lasciata crescere intorno al capo una piccola corona di capelli che Fadigati stesso, una volta, paternamente ammirando, aveva definito « alla angelo musicante di Melozzo ». Piuttosto che scomporne un solo ricciolo avrebbe rinunciato perfino a camminare. Altro che badare allo stile del *drive* o a far passare il rovescio!

Eppure, anche se il nostro gioco risultava così scadente e noioso, Fadigati sembrava apprezzarlo moltissimo. « Bella palla! », « Fuori di un dito! », « Peccato! »: era prodigo di lodi per tutti, con un commento, talora magari a sproposito, sempre pronto per ogni colpo.

A volte, per altro, il palleggio languiva un po' troppo.

« Perché non fate una partita », proponeva.

« Per carità! », si schermiva subito Cristina, arrossendo. « Se non prendo una palla! »

Lui non stava ad ascoltarla.

« Volontà e impegno! », proclamava festoso. « Il dottor Fadigati premierà la coppia vincitrice con due superbe bottigliette di aranciata San Pellegrino! »

Correva al capanno del custode, ne tirava fuori una scranna tarlata e pericolante, alta almeno due metri, la trasportava a forza di braccia da un lato del campo, infine vi si arrampicava sopra. L'aria a poco a poco imbruniva; il suo cappello, controluce, appariva circondato da un'aureola di moscerini. Ma lui, appollaiato sulla sua gruccia come un grosso uccello, rimaneva ancora lassù, a scandire uno dopo l'altro i punti con voce metallica, tenace ad assolvere fino all'ultimo il suo compito di arbitro imparziale. Era chiaro: non sapeva cosa altro fare, in che modo riempire il vuoto tremendo delle giornate.

12

Come spesso accade sull'Adriatico, ai primi di settembre la stagione di colpo mutò. Piovve un giorno soltanto, il 31 agosto. Ma il bel tempo dell'indomani non ingannò nessuno. Il mare era inquieto e verde, d'un verde vegetale; il cielo d'una trasparenza esagerata, da pietra preziosa. Nel tepore stesso dell'aria si era insinuata una piccola persistente punta di freddo.

Il numero dei villeggianti cominciò a diminuire. Sulla spiaggia le tre o quattro file di tende o di ombrelloni si ridussero in breve a due, e poi, dopo una nuova giornata di pioggia, a una sola. Di là dai capanni ormai in buona parte smontati, le dune, ricoperte fino a pochi giorni avanti di una sterpaglia stenta e bruciacchiata, apparivano punteggiate da una quantità incredibile di meravigliosi fiori gialli, alti sui gambi come gigli. Per rendersi esatto conto del significato di quella fioritura bastava un po' conoscere la costa romagnola. L'estate era finita: da quel momento non sarebbe stata più che un ricordo.

Ne approfittai per mettermi a studiare. Contavo di dare l'esame di storia antica l'ottobre successivo, almeno quello; e perciò rimanevo chiuso in camera fin verso mezzogiorno, a leggere le dispense.

La stessa cosa facevo il pomeriggio aspettando l'ora del tennis.

Un giorno, dopo pranzo, mentre appunto stavo studiando (quella mattina non ero andato nemmeno sulla spiaggia: appena alzato, il lontano fragore del mare mi aveva immediatamente distolto da ogni idea di bagno), udii salire dal giardino la voce acuta della signora Lavezzoli. Non distinguevo le sue parole. Capivo però, dal tono, che era indignata di qualcosa.

« Eh, no... lo scandalo di ieri sera... », riuscii ad afferrare.

Con chi ce l'aveva? Perché era venuta a farci visita? – mi chiesi irritato –. E subito, istintivamente, pensai a Fadigati.

Resistetti alla tentazione di scendere in tinello per mettermi a origliare dietro la porta che dava nel giardino, e quando di lì a un'ora mi affacciai la signora Lavezzoli non c'era più. Mio padre sedeva sotto il solito pino, all'ombra. Non appena avvertì il rumore dei miei passi sulla ghiaia, abbassò il giornale spiegato sulle ginocchia.

Ero vestito da tennis. Con una mano tenevo la bicicletta dal manubrio, con l'altra la racchetta. Tuttavia mi domandò:

« Dove vai? »

Due estati prima, sempre a Riccione, ad una quindicina di giorni dall'aver trionfato nell'esame di maturità ero finito a letto (ed era stata la prima volta, in assoluto!) con una trentenne signora milanese, conoscente occasionale di mia madre. In dubbio se essere fiero o preoccupato della mia avventura, per due mesi buoni il papà non aveva perduto uno solo dei miei movimenti. Bastava che mi accingessi a uscire di casa, o magari mi allontanassi dalla tenda, che già mi sentivo i suoi occhi addosso.

Ed ecco rispuntare nei suoi occhi la stessa espressione di allora, fra timida e indiscreta. Sentii il sangue montarmi alla testa.

« Non lo vedi? », risposi.

Per qualche istante stette zitto. Oltre che inquieto, sembrava affaticato. La visita della signora Lavezzoli, evidentemente inaspettata, gli aveva impedito di fare l'abituale sonnellino pomeridiano.

« Non credo che ci troverai nessuno », disse. « Era qui un momento fa la signora Lavezzoli. È venuta ad avvisare che quest'oggi i suoi ragazzi non ci vanno. I due maschi hanno da studiare, e Cristina da sola non la manda ».

Volse il capo dalla parte di Fanny, accucciata in fondo al giardino a giocare con la bambola. Di schiena, con le piccole scapole sporgenti sotto la maglietta, le treccine imbiondite dal sole, sembrava anche più gracile e immatura. Indicò infine la poltrona di vimini di fronte alla sua.

« Siedi un momento », fece, e mi sorrise incerto.

Voleva parlarmi, era chiaro, ma gli dispiaceva. Finsi di non aver sentito.

« È stata gentile a scomodarsi, ma vado lo stesso », dissi.

Gli voltai le spalle e mi avviai verso il cancello.

« Ha scritto Ernesto », disse ancora mio padre, levando lamentoso la voce. « Non vuoi nemmeno leggere la lettera di tuo fratello? »

Dalla soglia del cancello mi girai, e in quell'attimo Fanny alzò il capo. Sebbene così lontano, colsi chiara nel suo sguardo un'espressione di rimprovero.

« Più tardi, quando torno », risposi, e pedalai via.

Arrivai al tennis. Fadigati c'era. In piedi accanto alla scranna dell'arbitro rimasta là dal pomeriggio precedente, stava guardando dinanzi a sé. Fumava.

Si voltò.

« Ah, è solo! », disse. « E gli altri? »

Accostata la bicicletta alla rete metallica di recinzione, mi avvicinai.

« Oggi non vengono », risposi.

Ebbe un debole sorriso, con la bocca storta. Aveva il labbro superiore piuttosto gonfio. Una doppia incrinatura attraversava la lente di sinistra dei suoi begli occhiali d'oro.

« Non capisco per quale ragione », soggiunsi. « Pare che Franco e Gilberto abbiano da studiare. Ma mi sa di scusa. Spero, comunque... »

« Glielo dirò io, perché », mi interruppe Fadigati amaramente. « Sarà certo a causa della storia di ieri sera ».

« Quale storia? »

« Non mi caschi dalle nuvole, per favore! », sogghignò disperato. « Va bene che stamattina al mare lei non l'ho visto. Ma possibile che più tardi, magari a tavola, i suoi genitori non ne abbiano parlato? »

Bisognava che cercassi di convincerlo del contrario. Avevo, sì – dissi –, sentito pronunciare dalla signora Lavezzoli la parola « scandalo » – e spiegai come e quando –; ma non sapevo altro.

Allora, previo un rapido, strano ammicco laterale, e stringendo quindi le palpebre come se fosse stato improvvisamente attratto da qualcosa di vago e di distante dietro le mie spalle, cominciò a raccontare come la sera prima, nel salone del Grand Hôtel, « davanti a tutti », avesse avuto una « discussione » con Deliliers.

« Io lo rimproveravo, ma sottovoce, s'intende, della vita che si era messo a fare in questi ultimi tempi... sempre in qua e in là... sempre in giro con la macchina... tanto che, si può dire, non lo vedevo quasi più. E lui a un dato momento sa cosa fa? Si alza, e *pam*, mi lascia andare un gran pugno in piena faccia! »

Si toccò il labbro gonfio.

« Qui, vede? »

« Le fa male? »

« Oh, no », fece, alzando una spalla. « È vero che sono

finito a gambe per aria, e che lì per lì non ho capito più niente. Ma un pugno, in fondo, che cosa vuole che conti? E lo scandalo, anche, che cosa vuol mai che conti lo scandalo in... in confronto al resto? »

Tacque. E anche io tacqui, pieno di imbarazzo. Pensavo a quelle parole: « in confronto al resto ». Mi toccava vedermela con l'immagine del suo dolore di amante vilipeso, un'immagine che in quel momento, debbo confessarlo, più che impietosirmi mi repugnava.

Ma lo avevo capito soltanto a metà.

« Oggi, alla una, quando sono rientrato in albergo », stava dicendo, « mi attendeva la sorpresa più amara. Guardi qua che cosa ho trovato su in camera ».

Cavò fuori dalla tasca della giacca un foglietto spiegazzato e me lo porse.

« Legga, legga pure ».

C'era poco da leggere, ma bastava. Al centro del foglietto, scritte a lapis in stampatello, due righe soltanto. Queste:

GRAZIE E TANTI SALUTI
DA ERALDO

Ripiegai il foglietto in quattro e glielo restituii.

« È partito, sì... se ne è andato », sospirò. « Ma il guaio peggiore », aggiunse, con un tremito del labbro gonfio e della voce, « il guaio peggiore è che mi ha portato via tutto ».

« Tutto?! », esclamai.

« Già. Oltre alla macchina, che d'altronde era sua, l'avevo comperata apposta, mi ha preso anche tutta la roba, vestiti, biancheria, cravatte, due valige, un orologio d'oro, un libretto di assegni, un migliaio di lire che tenevo nel comodino. Non ha dimenticato proprio niente. Nemmeno la carta da lettere intestata, nemmeno il pettine e lo spazzolino da denti! »

Terminò con uno strano grido, quasi esaltato. Come se, da ultimo, l'enumerazione degli oggetti rubati da Deliliers avesse avuto l'effetto di tramutare il suo strazio in un senso, più forte, di orgoglio e di piacere.

Stava venendo gente: due giovanotti e due ragazze, tutti e quattro in bicicletta.

« Sono le cinque e tre quarti! », gridò allegramente una delle ragazze, consultando l'orologino da polso. « Abbiamo prenotato il campo per le sei, ma visto che nessuno gioca possiamo entrare lo stesso? »

Dopo essere usciti dal recinto, io e Fadigati prendemmo in silenzio per il vialetto di robinie, chiuso in fondo dal muro rosso del *Zanarini*. Laggiù nel cortile si vedevano camerieri andare e venire attraverso la pista da ballo di cemento, trasportando sedie e tavoli.

« E adesso », chiesi, « che cosa ha intenzione di fare? »

« Vado via stasera. C'è un accelerato che parte da Rimini alle nove, e arriva a Ferrara a mezzanotte e mezzo circa. Spero che mi sia rimasto tanto da pagare il conto dell'albergo ».

Mi fermai sui due piedi, squadrandolo. Era vestito da città, col cappello di feltro e tutto. Fissavo il cappello di feltro. Dunque non era vero che Deliliers gli avesse portato via ogni cosa – riflettevo –; dunque un po' esagerava.

« Perché non lo denuncia? », buttai lì, freddamente.

Mi fissò anche lui.

« Denunciarlo! », borbottò sorpreso.

Nei suoi occhi balenò a un tratto un lampo di scherno

« Denunciarlo? », ripeté, e mi guardava come si guarda un estraneo un po' ridicolo. « Ma le pare possibile? »

13

Da Riccione venimmo via il 10 di ottobre, un sabato pomeriggio.

Intorno alla metà del mese precedente il barometro si era fissato sul bello stabile. D'allora in poi si erano susseguite giornate splendide, con cieli senza una nuvola e col mare sempre molto calmo. Ma chi aveva più potuto badare a queste cose? Ciò che mio padre aveva tanto temuto si era, purtroppo, puntualmente verificato. A nemmeno una settimana di distanza dalla partenza di Fadigati, su tutti i giornali italiani, il *Corriere Padano* incluso, era cominciata di colpo la violenta campagna denigratoria che nel termine di un anno avrebbe portato alla promulgazione delle leggi razziali.

Ricordo quei primi giorni come un incubo. Mio padre affranto, che usciva di casa la mattina presto a caccia di carta stampata; gli occhi di mia madre, gonfi sempre di lacrime; Fanny ancora ignara, povera bimba, eppure in qualche modo già consapevole; il gusto doloroso da parte mia di chiudermi in un silenzio ostinato. Sempre solo, e invaso di rabbia, addirittura di odio, alla semplice idea di ritrovarmi al cospetto della signora Lavezzoli troneggiante nella sua *chaise longue*, di dovere magari udirla discettare come se nulla fosse di cristianesimo e di ebraismo, nonché della colpa da attribuirsi o meno agli « israeliti » a proposito della crocifissione di Gesù Cristo (in linea di massima la signora si era subito dichiarata contraria alla nuova politica del governo nei nostri confronti, e tuttavia anche il Papa – mi sembrava adesso di sentirla –, in un certo suo discorso del '29...), ormai non mi facevo più vedere nemmeno sulla spiaggia. Mi bastava, e ne avevo d'avanzo, essere costretto durante i pasti ad ascoltare mio padre, il quale, in vana polemica con gli articoli velenosi che di continuo leggeva sui giornali, si intestava a enumerare i « meriti patriottici » degli ebrei italiani, tutti, o quasi – non faceva che ripeterlo, spalancando gli occhi azzurri –, stati sempre « ottimi fascisti ». Anche io, insomma, ero disperato. Mi sforzavo di tirare avanti con la preparazione del mio esame. Ma compivo soprattutto lunghissime scorribande in bicicletta sulle colline dell'entroterra. Una volta, senza aver prima avvertito nessuno, col risultato, al ritorno, di ritrovare mio padre e mia madre ambedue in pianti, mi spinsi fino a San Leo e in Carpegna, stando via nell'insieme quasi tre giorni. Pensavo senza tregua al prossimo rientro a Ferrara. Ci pensavo con una specie di terrore, con un senso ognora crescente di intima lacerazione.

Da ultimo riprese a piovere, e fu necessario partire.

Come sempre mi succedeva ogni qualvolta tornavamo dalla villeggiatura, immediatamente dopo l'arrivo non seppi resistere al desiderio di fare un giro per la città. Chiesi in prestito la bicicletta al portiere di casa, il vecchio Tubi, e prima ancora di rimettere piede nella mia stanza, o di telefonare a Vittorio Molon e a Nino Bottecchiari, me ne andai a zonzo, senza una meta precisa.

Finii verso sera sulla Mura degli Angeli, dove avevo passato tanti pomeriggi dell'infanzia e dell'adolescenza; e in breve, pedalando lungo il sentiero in cima al bastione, fui all'altezza del cimitero israelitico.

Scesi allora dalla bicicletta, e mi addossai al tronco di un albero.

Guardavo al campo sottostante, in cui erano sepolti i nostri morti. Fra le rare lapidi, piccoli per la distanza, vedevo aggirarsi un uomo e una donna, entrambi di mezza età: probabilmente due forestieri fermatisi fra un treno e l'altro – mi dicevo –, se erano riusciti a ottenere dal dottor Levi la dispensa necessaria per visitare il cimitero di sabato. Giravano fra le tombe con cautela e distacco da ospiti, da estranei. Quand'ecco, guardando a loro e al vasto paesaggio urbano che mi si mostrava di lassù in tutta la sua estensione, mi sentii d'un tratto penetrare da una gran dolcezza, da una pace e da una gratitudine tenerissime. Il sole al tramonto, forando una scura coltre di nuvole bassa sull'orizzonte, illuminava vivamente ogni cosa: il cimitero ebraico ai miei piedi, l'abside e il campanile della chiesa di San Cristoforo poco più in là, e sullo sfondo, alte sopra la bruna distesa dei tetti, le lontane moli del castello Estense e del duomo. Mi era bastato recuperare l'antico volto materno della mia città, riaverlo ancora una volta tutto per me, perché quell'atroce senso di esclusione che mi aveva tormentato nei giorni scorsi cadesse all'istante. Il futuro di persecuzioni e di massacri che forse ci attendeva (fin da bambino ne avevo continuamente sentito parlare come di un'eventualità per noi ebrei sempre possibile), non mi faceva più paura.

E poi, chissà? – mi ripetevo, tornando verso casa –. Chi poteva leggere nel futuro?

Ma ogni mia speranza e illusione durarono molto poco.

L'indomani mattina, mentre passavo sotto il portico del Caffè della Borsa, in corso Roma, qualcuno gridò il mio nome.

Era Nino Bottecchiari. Sedeva da solo a un tavolino all'aperto, e per alzarsi rovesciò quasi la tazzina dell'espresso.

« Ben tornato! », esclamò, venendomi incontro a braccia aperte. « Da quando abbiamo il piacere e l'onore di riaverti fra noi? »

Saputo che ero a Ferrara dalle cinque del pomeriggio precedente, si lamentò che non gli avessi telefonato.

« Dirai naturalmente che lo avresti fatto oggi stesso, ad ora di pranzo », sorrise. « Nega, se puoi! »

Gli avrei telefonato, stavo davvero pensandoci quando lui mi aveva chiamato. Ma proprio per questo tacqui, confuso.

« Vieni, dài, che ti offro un caffè! », soggiunse Nino, prendendomi sotto braccio.

« Accompagnami a casa », proposi.

« Così presto? Se non è nemmeno mezzogiorno! », replicò. « *Ach bazòrla*: non vorrai mica perdere l'uscita dalla Messa! »

Mi precedette, facendomi strada fra seggiole e tavolini. Senonché, dopo qualche passo, mi fermai sui due piedi. Tutto mi disturbava, tutto mi feriva.

« E allora? », fece Nino, che già si era riseduto.

« Debbo andare, scusa », borbottai, alzando una mano per salutarlo.

« Aspetta! »

Il suo grido, e la lunga manovra a cui fu costretto per pagare (il cameriere Giovanni non aveva da dargli il resto di un biglietto da cinquanta: bisognò che, ciabattando e brontolando, il vecchio andasse a cambiarlo alla vicina farmacia Barilari), attirarono definitivamente su Nino e su me l'attenzione degli astanti. Mi sentii osservato con insistenza da molti sguardi. Persino attorno ai due tavolini contigui, riservati in permanenza agli squadristi della prima ora, e occupati, quel giorno, oltre che dal solito triumvirato Aretusi-Sturla-Bellistracci, dal Segretario Federale Bolognesi e da Gino Cariani, il Segretario del

G.U.F., la conversazione cessò all'improvviso. Dopo essersi voltato indietro a sbirciarmi, Cariani, servile come sempre, si piegò a sussurrare qualcosa all'orecchio di Aretusi. Vidi Sciagura abbozzare una smorfia e annuire gravemente.

Nell'attesa che Nino riuscisse ad avere il suo resto mi allontanai di qualche passo. La giornata era bellissima, corso Roma appariva allegro e animato come mai. Da sotto il portico guardavo inerte verso il centro della strada, dove decine di biciclette, montate in prevalenza da studenti medi, e scintillanti al sole di vernici e cromature, volteggiavano tra la folla domenicale. Un biondino di dodici o tredici anni, ancora coi calzoni corti, passò rapido su una Maino da corsa grigia. Levò alto un braccio e gridò: « Ehi! ». Trasalii. Mi girai per vedere chi fosse, ma era già sparito dietro l'angolo di Giovecca.

Nino finalmente mi raggiunse.

« Scusami », disse affannato, « ma con quella lumaca di Giovanni bisogna aver pazienza ».

Ci avviammo in direzione del duomo, camminando uno a fianco dell'altro lungo il marciapiede.

Come gli altri anni erano stati in villeggiatura a Moena, in Val di Fassa – diceva intanto Nino, riferendo di sé e della famiglia –. Prati, abeti, mucche, campanacci: la solita roba, tanto che, e adesso se ne rammaricava, aveva ritenuto superfluo mandarmi la sacramentale cartolina. Da principio insomma una gran noia. La fortuna tuttavia aveva voluto che in agosto avessero avuto ospite per una quindi cina di giorni lo zio Mauro, l'ex onorevole socialista, il quale, a partire dal primo momento del suo arrivo, col suo carattere esuberantissimo aveva messo alla frusta l'intero parentado. Non stava mai fermo un secondo. L'occhio d'aquila sempre fisso alle cime. Se lui non gli avesse fatto da accompagnatore, chi l'avrebbe trattenuto? Quello là sarebbe stato più che capace d'andarsene in giro per le Dolomiti solo soletto.

« Eh, l'anziano compagno è tuttora piuttosto in gamba, te lo garantisco io », seguitò, e ammiccava allusivo. « Che tempra! Si arrampicava su per le montagne che era un piacere guardarlo, cantando *Bandiera rossa* a squarciagola. Ci siamo promessi amicizia. Ha garantito che subito dopo la laurea mi prenderà nel suo studio a fare pratica... »

Eravamo arrivati di fronte all'ingresso principale dell'Arcivescovado.

« Passiamo per di qua », propose Nino.

Entrò per primo nell'androne fresco e buio. Sul fondo, tutto al sole, il giardino interno splendeva immobile. Il rumore di corso Roma era ormai lontano: un fioco, confuso brusio nel quale i campanelli delle biciclette si distinguevano appena.

Nino si fermò.

« A proposito », chiese, « hai saputo di Deliliers? »

Fui afferrato da una strana sensazione di colpa.

« Ma sì... », balbettai assurdamente. « L'ho veduto a Riccione il mese scorso... Siccome sulla spiaggia non eravamo nella stessa compagnia, gli avrò parlato un paio di volte soltanto... »

« Oh no, per carità! », mi interruppe Nino. « La notizia che era a Riccione in viaggio di nozze con quell'ignobile nave-scuola del dottor Fadigati è arrivata in un lampo anche a Moena, si capisce. No, no, non è mica di questo che volevo vedere se tu fossi informato ».

Si mise quindi a raccontare come una settimana avanti avesse ricevuto una lettera di Deliliers nientemeno che da Parigi. Peccato, non l'aveva con sé. Contava di mostrarmela, però: ne valeva davvero la spesa. Un documento di « *sfattìsia* » non avrebbe saputo dire se più ributtante o più comico non gli era mai capitato fra le mani.

« Che schifo! », esclamò.

Cominciò a diffondersi con enfasi sulla lettera: sul suo tono, e sugli insulti di cui tutti quanti noialtri, me compreso, ex compagni di viaggi su e giù tra Ferrara e Bologna, eravamo in essa abbastanza pesantemente gratificati. Per la verità, più che insultarci – precisò ridendo –, il coglionaccio tentava di prenderci in giro. Ci trattava da figli di papà, da provinciali, da borghesucci...

« Ricordi quello che aveva in programma? », divagò. « Un giorno o l'altro avrebbe realizzato un colpetto, chissà poi quale, dopodiché la sua unica attività sarebbe diventata la boxe. Figuriamoci. Si sarà invece già messo alle costole di qualche nuovo facoltoso finocchio, stavolta magari di tipo internazionale. Ma per rimanerci fino a tempo indeterminato, intendiamoci, o per lo meno fino a quando avrà succhiato ben bene anche lui. Altro che boxe! »

Venne poi a parlare della Francia, la quale – disse –, se non fosse stata quel completo disastro che era (il fascismo dava della Francia un giudizio purtroppo ineccepibile, lui lo condivideva in pieno), ad avventurieri di quella specie avrebbe dovuto proibire tassativamente di entrarle in casa.

« Quanto a noi, all'Italia », concluse, diventato a un tratto quasi serio, « lo sai che cosa dovremmo farne, di gente così? Approfittare dei pieni poteri concessi all'esecutivo per metterli al muro, e buona notte. Ma è una società, anche quella italiana?... »

Aveva finito.

« Stupendo », proferii, calmo. « Suppongo che a me darà del lurido ebreo. »

Esitò a rispondere. Nella penombra dell'androne lo vidi arrossire.

« Andiamo », fece, tornando a prendermi sotto braccio. « La Messa sarà già finita. »

E mi trascinò un po' a forza verso l'uscita secondaria dell'Arcivescovado: quella che, proprio all'angolo con via Gorgadello, dà su piazza Cattedrale.

14

La Messa di mezzogiorno stava per finire. Una piccola folla di ragazzi, di giovanotti, di sfaccendati, indugiava come sempre davanti al sagrato.

Li guardavo. Fino a pochi mesi prima io non avevo mai perduto la domenicale uscita delle dodici e mezzo da San Carlo o dal duomo, ed anche oggi, in fondo – riflettevo –, non l'avrei perduta. Ma poteva bastarmi? Oggi era diverso. Non mi trovavo più laggiù, mescolato agli altri, confuso in mezzo a tutti gli altri nella solita attesa tra beffarda e ansiosa. Addossato al portone del Palazzo Arcivescovile, confinato in un angolo della piazza (la presenza al mio fianco di Nino Bottecchiari aumentava se mai la mia amarezza), mi sentivo tagliato fuori, irrimediabilmente un intruso.

Risuonò in quell'attimo il grido rauco di un venditore di giornali.

Era Cenzo, un quasi deficiente di età indefinibile, strabico, semi sciancato, sempre in giro per i marciapiedi con un grosso fascio di quotidiani sotto il braccio, e trattato per solito dall'intera cittadinanza, e talvolta anche da me, a bonarie manate sulle spalle, a insulti affettuosi, a sardoniche richieste di previsione circa gli imminenti destini della *S.P.A.L.*, eccetera.

Strascicando le grosse suole chiodate sul lastrico, Cenzo

si dirigeva verso il centro della piazza tenendo alto con la mano destra un giornale spiegato.

« Prossimi provvedimenti del Gran Consiglio contro i *abrei*! », berciava indifferente, con la sua voce cavernosa.

E mentre Nino pieno di disagio taceva, io sentivo nascere dentro me stesso con indicibile ripugnanza l'antico, atavico odio dell'ebreo nei confronti di tutto ciò che fosse cristiano, cattolico, insomma *goi*. *Goi, goìm*: che vergogna, che umiliazione, che ribrezzo, a esprimermi così! Eppure ci riuscivo già – mi dicevo –: diventato simile a un qualsiasi ebreo dell'Europa orientale che non fosse mai vissuto fuori dal proprio ghetto. Pensavo anche al nostro, di ghetto, a via Mazzini, a via Vignatagliata, al vicolo-mozzo Torcicoda. In un futuro abbastanza vicino, loro, i *goìm*, ci avrebbero costretti a brulicare di nuovo là, per le anguste, tortuose viuzze di quel misero quartiere medioevale da cui in fin dei conti non eravamo venuti fuori che da settanta, ottanta anni. Ammassati l'uno sull'altro dietro i cancelli come tante bestie impaurite, non ne saremmo evasi mai più.

« Mi seccava parlartene », cominciò Nino senza guardarmi, « ma non puoi immaginare come quello che sta succedendo mi riempia di tristezza. Lo zio Mauro è pessimista, inutile che te lo nasconda: e d'altra parte è naturale, lui l'ha *sempre* desiderato che le cose vadano il peggio possibile. Io però non credo. Nonostante le apparenze, non credo che nei vostri riguardi l'Italia si metterà davvero sulla stessa strada della Germania. Vedrai che tutto finirà nella solita bolla di sapone ».

Avrei dovuto essergli riconoscente di avere intavolato l'argomento. Cos'altro in fondo avrebbe potuto dire? E invece no. Mentre parlava, riuscii appena a mascherare il fastidio che mi davano le sue parole, e il tono, in ispecie, il tono deluso della sua voce. « Tutto finirà nella solita bolla di sapone ». Si poteva essere più goffi, più insensibili, più ottusamente *goìm* di così?

Gli domandai perché lui, a differenza dello zio, fosse ottimista.

« Oh, noialtri italiani siamo troppo buffoni », replicò, senza mostrare di essersi accorto della mia ironia. « Noi dei tedeschi potremo imitare qualsiasi cosa, perfino il passo dell'oca, ma non il senso tragico che hanno loro della vita. Siamo troppo vecchi, troppo scettici e consumati ».

Soltanto a questo punto, dal mio silenzio, dovette rendersi conto dell'inopportunità, dell'inevitabile ambiguità di ciò che era venuto dicendo. Di colpo il suo viso mutò espressione.

« E meno male, non ti pare? », esclamò con allegria forzata. « Viva dopo tutto la nostra millenaria saggezza latina! »

Era sicuro – continuò – che da noi l'antisemitismo non avrebbe mai potuto assumere forme gravi, « *politiche* », e quindi attecchire. Per convincersi come una netta separazione dell'« elemento » ebraico da quello « cosiddetto ariano » fosse nel nostro Paese in pratica irrealizzabile, sarebbe bastato semplicemente pensare a Ferrara, una città che « sotto il profilo sociale » poteva dirsi piuttosto tipica. Gli « israeliti », a Ferrara, appartenevano tutti, o quasi tutti, alla borghesia cittadina, di cui anzi costituivano in un certo senso il nerbo, la spina dorsale. Il fatto medesimo che la maggior parte di essi fossero stati fascisti, e non pochi, come ben sapevo, della prima ora, dimostrava la loro perfetta solidarietà e fusione con l'ambiente. Si poteva immaginare qualcuno più israelita e insieme più ferrarese dell'avvocato Geremia Tabet, tanto per fare il primo nome che venisse alle labbra, il quale apparteneva al ristretto numero di persone (con Carlo Aretusi, Vezio Sturla, Osvaldo Bellistracci, il console Bolognesi, e due o tre altri) che nel '19 avevano fondato la prima sezione locale dei Fasci di Combattimento? E chi più « nostro » del vecchio dottor Corcos, Elia Corcos, il celebre clinico, tanto che, a rigore, avrebbe potuto magnificamente sopportare l'incorporazione in effige nello stemma municipale? E mio padre? E l'avvocato Lattes, il papà di Bruno? No, no: a scorrere l'elenco del telefono, dove i nomi degli israeliti apparivano inevitabilmente accompagnati da qualifiche professionali e accademiche, dottori, avvocati, ingegneri, titolari di ditte commerciali grandi e piccole, e così via, uno avrebbe avuto subito il senso dell'impossibilità di attuare a Ferrara una politica razziale che avesse qualche pretesa di riuscita. Una simile politica avrebbe potuto « incontrare » soltanto nel caso che le famiglie genere Finzi-Contini, con quel loro specialissimo gusto di starsene segregati in una grande casa nobiliare (lui stesso, quantunque conoscesse parecchio bene Alberto Finzi-Contini, non era mai riuscito a farsi invitare a giocare a tennis a casa loro, nel loro magnifico campo di tennis privato!), fossero state più numerose. Ma i Finzi-Contini, a Ferrara, rappresentavano appunto una eccezione. E poi non svolgevano anche essi una insopprimibile « funzione storica », essendo sottentrati nel possesso del palazzo di corso Ercole I e delle terre, nonché nel sistema di vivere isolati, a qualche antica famiglia dell'aristocrazia ferrarese oramai estinta?

Disse tutto questo, e altro che non ricordo. Mentre parlava, neppure io lo guardavo. Il cielo sopra la piazza era pieno di luce. Per tener dietro ai voli dei colombi che di tanto in tanto lo attraversavano, ero costretto a socchiudere gli occhi.

D'un tratto mi toccò una mano.

« Avrei bisogno di un consiglio », disse. « Di un consiglio da amico ».

« Prego ».

« Puoi garantirmi la massima sincerità? »

« Ma sì ».

Dovevo dunque sapere – cominciò, abbassando il tono della voce –, che un paio di giorni avanti lui era stato avvicinato da « quel rettile » di Gino Cariani, il quale, senza troppi preamboli, gli aveva proposto di assumere la carica di Addetto alla Cultura. Lì per lì lui non aveva né accettato né rifiutato. Aveva solamente chiesto un poco di tempo per pensarci sopra. Adesso però una decisione si imponeva. Anche quella mattina, al caffè, poco prima che arrivassi io, Cariani era tornato sull'argomento.

« Che fare? », domandò a questo punto, dopo una pausa.

Strinse le labbra, perplesso. Ma già riprendeva a discorrere.

« Appartengo a un *clan* famigliare che ha le tradizioni che sai », disse. « Ebbene, sta' pur sicuro che quando mio padre venisse a sapere che non ho accettato la proposta Cariani, si metterebbe le mani nei capelli, ecco cosa farebbe. E lo zio Mauro, credi che si comporterebbe in modo granché diverso? Sarebbe sufficiente che il papà gli chiedesse di mandarmi a chiamare, e lui pronto, lo accontenterebbe subito, non fosse altro che per distogliere da se stesso ogni accusa di proselitismo. Vedo già la sua faccia nel momento in cui mi invita tutto bonario a tornare sulla mia decisione. Sento già le sue parole. Mi esorta a non comportarmi come un bambino, a riflettere, perché nella vita... »

Rise, disgustato.

« Guarda », soggiunse: « ho così poca stima della natura umana, e del carattere di noi italiani in particolare, da non poter garantire nemmeno di me stesso. Viviamo in un Paese, carissimo, dove di romano, di romano in senso antico, è rimasto soltanto il saluto col braccio in su. Per cui mi domando anche io: *à quoi bon*? Alla fin fine, se rifiutassi... »

« Faresti molto male », lo interruppi, tranquillo.

Mi scrutò con un'ombra di diffidenza negli occhi.

« Parli sul serio? »

« Come no. Non vedo perché non dovresti aspirare a far carriera nel Partito, o attraverso il Partito. Se io fossi nei tuoi panni... se, voglio dire, studiassi legge come te... non esiterei un istante ».

Avevo avuto cura di non lasciar trapelare nulla di ciò che avevo dentro. Nino schiarì l'espressione del viso. Accese una sigaretta. La mia obiettività, il mio disinteresse, lo avevano palesemente colpito.

Mi ringraziava del consiglio – disse poi, restituendo all'aria una prima grossa boccata di fumo –. Quanto però a seguirlo, avrebbe lasciato passare qualche giorno ancora. Voleva vedere chiaro nelle cose e in se stesso. Il fascismo era senza dubbio in crisi. Ma si trattava di crisi *nel* sistema, o *del* sistema? Muoversi, va bene. Ma come? Bisognava cercare di cambiar le cose *dall'interno*, o invece...?

Terminò con un gesto vago della mano.

I prossimi giorni, comunque – riprese –, sarebbe venuto a trovarmi a casa. Io ero un letterato... un poeta... – e sorrise, tentando una volta ancora di assumere quel tono tra affettuoso e protettivo, da politico, che spesso usava nei miei confronti –. Lui ad ogni modo ci teneva moltissimo a riesaminare insieme con me l'intera questione. Dovevamo telefonarci, vederci, mantenere a tutti i costi i contatti... Insomma reagire!

Sbuffò.

« A proposito », chiese improvvisamente, corrugando la fronte. « Quand'è che hai il primo esame a Bologna? Bisognerà pensare al rinnovo dell'abbonamento ferroviario, accidenti... »

15

Rividi Fadigati.

Fu per istrada e di notte: una umida, nebbiosa notte del novembre successivo, a metà circa del mese. Uscito dal postribolo di via Bomporto con i panni impregnati del solito odore, indugiavo lì, davanti alla soglia, senza risolvermi a ricasare, e col desiderio di raggiungere i bastioni non lontani alla ricerca di un po' di aria pura.

Il silenzio attorno era perfetto. Dall'interno del casino filtrava alle mie spalle la stanca conversazione di tre voci, due maschili e una femminile. Discorrevano di calcio. I due uomini deploravano che la *S.P.A.L.*, che negli anni del primo dopoguerra era stata una gran squadra, una delle più forti dell'Italia settentrionale (nel '23 si era trovata a un pelo dal vincere il campionato di Prima Divisione: per vincerlo le sarebbe bastato pareggiare l'ultima partita, in casa della *Pro Vercelli*...), fosse ormai finita in Serie C, e costretta ogni anno a lottare per rimanerci. Ah, gli anni del centromediano Condorelli, dei due Banfi, Beppe e Ilario, del grande Baùsi, quelli sì che erano stati anni! La donna interloquiva di rado. Diceva per esempio: « Andate là, che a voi ferraresi vi piace troppo far l'amore ». Oppure: « A voi di Ferrara non è mica tanto lo *zigo-zago*, è soprattutto la gran flanella a rovinarvi! » Gli altri due la lasciavano dire, per poi riattaccare col medesimo argomento. Dovevano essere clienti anziani, sui quarantacinque, cinquanta: vecchi fumatori. La puttana naturalmente non era ferrarese. Veneta, dalla parte forse del Friuli.

Adagio, inciampando sui ciottoli aguzzi del vicolo, un passo pesante si avvicinava.

« Ma si può sapere cos'è che vuoi? Hai fame, eh? »

Era Fadigati. Prima ancora che mi riuscisse di scorgerlo dentro il nebbione fittissimo, l'avevo riconosciuto alla voce.

« Stupida, sporcacciona che non sei altro! Non ho da darti un bel niente, lo sai pure! »

Con chi stava parlando? E perché quel tono lagnoso, grondante di tenerezza manierata?

Infine apparve. Alonata dalla luce gialla dell'unico lampione stradale, la sua grossa sagoma si profilò in mezzo ai vapori. Avanzava lentamente, un po' piegato sul fianco e sempre discorrendo: rivolto a un cane, come mi accorsi subito.

Si fermò a qualche metro di distanza.

« E allora, vuoi lasciarmi in pace, sì o no? »

Fissava la bestia negli occhi, alzando l'indice in atto di minaccia. E la bestia, una cagna bastarda di taglia media, bianca a chiazze marrone, gli ricambiava dal basso, scodinzolando disperata, uno sguardo umido, trepidante. Si trascinava intanto sui ciottoli verso le scarpe del dottore. Tra un momento si sarebbe rovesciata sul dorso pancia e zampe all'aria, completamente alla sua mercé.

« Buona sera ».

Staccò gli occhi da quelli del cane e mi guardò.

« Come va? », disse, ravvisandomi. « Sta bene? »

Ci stringemmo la mano. Eravamo uno di fronte all'altro, davanti all'uscio chiodato del bordello. Come era invecchiato, mio Dio! Le guance cascanti, offuscate da una barba ispida e grigia, lo facevano sembrare un sessantenne. Dalle palpebre arrossate e cispose si vedeva inoltre che era stanco, che dormiva poco. Eppure lo sguardo dietro le lenti era ancora vivo, alacre...

« È dimagrito anche lei, lo sa? », diceva. « Ma le dona, la rende molto più uomo. Guardi, certe volte nella vita bastano pochi mesi. Contano di più pochi mesi, alle volte, che interi anni ».

La porticina chiodata si aprì, e ne uscirono quattro o cinque giovanotti: tipi dei sobborghi, se non addirittura di campagna. Sostarono in circolo ad accendere le sigarette. Uno si accostò al muro, di fianco all'uscio, e cominciò a orinare. Tutti, intanto, compreso l'ultimo, ci sbirciavano con insistenza.

Passando sotto le gambe aperte del giovanotto fermo davanti al muro, un piccolo rigagnolo serpeggiante avanzò rapido in discesa verso il centro del vicolo. La cagna ne fu attratta. Cautamente si avvicinò ad annusare.

« Sarà meglio che ce ne andiamo », bisbigliò Fadigati con un leggero tremito nella voce.

Ci allontanammo in silenzio, mentre alle nostre spalle il vicolo risuonava di urli osceni e di risa. Per un attimo temetti che la piccola banda ci venisse dietro. Ma ecco per fortuna via Ripagrande, dove la nebbia sembrava anche più fitta. Bastò attraversare la strada, salire sul marciapiede opposto, e subito fui certo che avevamo fatto perdere le nostre tracce.

Camminammo affiancati a passo più lento verso il Montagnone. Mezzanotte era suonata da un pezzo, e per le strade non si incontrava nessuno. File e file di imposte chiuse e cieche, porte sprangate, e, a intervalli, le luci quasi subacquee dei lampioni.

Si era fatto così tardi che forse eravamo rimasti noi due soli, io e Fadigati, in giro a quell'ora per la città. Mi parlava accorato, sommesso. Mi raccontava le sue disgrazie. Lo avevano esonerato dall'ospedale con un pretesto qualsiasi. Anche allo studio di via Gorgadello c'erano ormai pomeriggi interi che non si presentava più un solo paziente. Lui, al mondo, d'accordo, non aveva nessuno a cui pensare... a cui provvedere...; difficoltà immediate, dal punto di vista finanziario, ancora non gli si annunciavano... Ma era possibile durare indefinitamente a vivere così, nella solitudine più assoluta, circondato dall'ostilità generale? Presto in ogni caso sarebbe venuto il momento che avrebbe dovuto licenziare l'infermiera, ridursi in un ambulatorio più piccolo, cominciare a vendere i quadri. Tanto dunque valeva andar via subito, tentare di trasferirsi altrove.

« Perché non lo fa? »

« Dice bene, lei », sospirò. « Ma alla mia età... E poi, anche se avessi il coraggio e la forza di decidermi a un passo simile, crede che servirebbe a qualcosa? »

Arrivati nei pressi del Montagnone, sentimmo dietro di noi un leggero zampettio. Ci voltammo. Era la cagna bastarda di poco prima, che sopraggiungeva trafelata.

Si arrestò, felice di averci rintracciati a fiuto in quel mare di nebbia. E buttando indietro sul collo le lunghe e tenere orecchie, guaendo e scodinzolando festosa, già rinnovava in onore di Fadigati, soprattutto, le sue patetiche proteste di devozione.

« È sua? », chiesi.

« Macché. L'ho trovata stasera dalle parti dell'Acquedotto. Le ho fatto una carezza, ma mi ha preso troppo sul serio, che diamine! Da allora in poi non sono più riuscito a levarmela di torno ».

Notai che aveva le mammelle grosse e pendenti, gonfie di latte.

« Ha i piccoli, vede? »

« È vero! », esclamò Fadigati. « È proprio vero! »

E poi, rivolto alla cagna:

« Lazzarona! Dov'è che hai lasciato i tuoi bambini? Non ti vergogni di andare in giro per le strade a quest'ora? Madre snaturata! »

Di nuovo la cagna si appiattì ventre a terra a qualche centimetro dai piedi di Fadigati: « Picchiami, uccidimi pure, se vuoi! », sembrava voler dire. « È giusto, e poi mi piace! »

Il dottore si chinò a carezzarla sul capo. In preda a un accesso di autentica passione, la bestia non finiva più di leccargli la mano. Tentò perfino di arrivargli al viso con un fulmineo bacio a tradimento.

« Calma, sta' calma... », badava a ripetere Fadigati.

Sempre seguiti o preceduti dalla cagna, riprendemmo infine la nostra passeggiata. Stavamo ormai avvicinandoci a casa mia. Se ci precedeva, la cagna si fermava a ogni incrocio come timorosa di perderci un'altra volta.

« La guardi », diceva intanto Fadigati, indicandomela. « Forse bisognerebbe essere così, sapere accettare la propria natura. Ma d'altra parte come si fa? È possibile pagare un prezzo simile? Nell'uomo c'è molto della bestia, eppure può, l'uomo, arrendersi? Ammettere di essere una bestia, e soltanto una bestia? »

Scoppiai in una gran risata.

« Oh, no », dissi. « Sarebbe come dire: può un italiano, un cittadino italiano, ammettere di essere un ebreo, e soltanto un ebreo? »

Mi guardò umiliato.

« Comprendo cosa vuol dire », disse poi. « In questi giorni, mi creda, ho pensato tante volte a lei e ai suoi. Però, mi permetta di dirglielo, se io fossi in lei... »

« Che cosa dovrei fare? », lo interruppi con impeto. « Accettare di essere quello che sono? O meglio adattarmi ad essere quello che gli altri vogliono che io sia? »

« Non so perché non dovrebbe », ribatté dolcemente. « Caro amico, se essere quello che è la rende tanto più umano (non si troverebbe qui in mia compagnia, altrimenti!), perché rifiuta, perché si ribella? Il mio caso è diverso, l'opposto esatto del suo. Dopo ciò che è accaduto l'estate scorsa non mi riesce più di tollerarmi. Non posso più, non debbo. Ci crede che certe volte non sopporto di farmi la barba davanti allo specchio? Potessi almeno vestirmi in un altro modo! Tuttavia mi vede, lei, senza questo cappello... questo pastrano... questi occhiali da tipo per bene? E d'altra parte, messo su così mi sento talmente ridicolo, grottesco, assurdo! Eh no, *inde redire negant*, è proprio il caso di dirlo. Non c'è più niente da fare, per me, senta! »

Tacqui. Pensavo a Deliliers e a Fadigati: uno carnefice, l'altro vittima. La vittima al solito perdonava, consentiva al carnefice. Ma io no, su di me Fadigati si illudeva. All'odio non sarei mai riuscito a rispondere altro che con l'odio.

Non appena fummo dinanzi al portone di casa, tirai fuori di tasca la chiave e aprii. La cagna mise il capo nella fessura, come se volesse entrare.

« Via! », gridai. « Va' via! »

La bestiola guaì di spavento, rifugiandosi subito presso le gambe del suo amico.

« Buona notte », dissi. « È tardi, devo proprio salire ».

Ricambiò la mia stretta di mano con grande effusione.

« Buona notte... Stia bene... E tante cose anche per la sua famiglia », ripeté più volte.

Varcai la soglia. E poiché lui, sempre sorridendo e tenendo levato il braccio in segno di saluto, non si decideva ad andarsene (sedutasi sul marciapiede, anche la cagna mi guardava di sotto in su con aria interrogativa), cominciai a chiudere il portone.

« Mi telefona? », chiesi leggermente, prima di accostare del tutto i battenti.

« Mah », fece, sorridendo un po' misterioso attraverso l'ultimo spiraglio. « Chi vivrà vedrà ».

16

Chiamò di lì a due giorni, giusto all'ora di pranzo. Stavamo mettendoci a tavola. Siccome non si era ancora seduta, fu mia madre a rispondere.

Sporse quasi subito il capo attraverso l'uscio socchiuso dello sgabuzzino del telefono, e mi cercò con lo sguardo.

« È per te », disse.

« Chi è? »

Venne avanti, stringendosi nelle spalle.

« Un signore... Non sono riuscita a capire il nome ».

Distratta, perennemente sognante e impratica, non era mai stata molto brava a sbrigare questo tipo di faccende, e da quando eravamo tornati dal mare meno che meno.

« Bastava chiedere », risposi irritato. « Ci voleva così poco! »

Mi alzai, sbuffando. Ma un segreto batticuore mi aveva già avvertito di chi poteva trattarsi.

Mi chiusi dentro.

« Chi parla? »

« Pronti... Sono io, Fadigati », disse. « Mi dispiace di averli disturbati. Erano già a tavola? »

Rimasi sorpreso dalla sua voce. Nel ricevitore suonava più acuta. Anche l'accento veneto risaltava maggiormente.

« No, no... Aspetti un momento, scusi ».

Riaprii la porta, sporsi il capo a mia volta, e senza rivelare chi fosse all'apparecchio accennai alla mamma, procurando di sorriderle, di coprirmi la scodella con un piatto. Fanny fu svelta a prevenirla. Stupito, immediatamente geloso, mio padre mi fissò. Alzò il mento come per chiedere: « Che cosa succede? ». Ma ero già tornato a rinchiudermi nello stambugio.

« Dica pure ».

« Oh, niente », ridacchiò il dottore dall'altro capo del filo. « Mi aveva detto di telefonarle, e allora... L'ho disturbato, sia sincero! »

« Ma no, anzi », protestai. « Mi ha fatto piacere. Vuole che ci vediamo? »

Ebbi una leggera esitazione (che certo non gli sfuggì); poi aggiunsi:

« Senta, perché non viene a trovarci? Credo che il papà sarebbe contentissimo di vederla. Vuole? »

« No, grazie... Lei è molto gentile... lei sì che è gentile! No.. magari in seguito, con vera gioia... sempre che... Sul serio con grande gioia! »

Non sapevo più cosa dire. Dopo una pausa piuttosto lunga, durante la quale non mi giunse, attraverso il ricevitore, altro che il suo grosso respiro di cardiaco, fu lui a ricominciare a parlare.

« A proposito, il cane mi ha poi accompagnato fino a casa, sa? »

Sul momento non mi raccapezzai.

« Quale cane? »

« Ma sì, la cagna dell'altra sera... la madre snaturata! », rise.

« Ah già... la cagna bastarda ».

« Non solo mi ha accompagnato fino a casa », proseguì, « ma quando siamo arrivati qua, in via Gorgadello, davanti alla porta di strada, non c'è stato verso, ha voluto assolutamente salire. Aveva fame, povera! Ho racimolato dalla dispensa un fondo di salame, del pane duro, delle croste di formaggio... Doveva vedere con che razza di appetito ha mandato giù tutto! Ma aspetti, non ho finito. Dopo, s'immagini, ho dovuto portarmela in camera ».

« Come, addirittura a letto? »

« Eh, c'è mancato poco... Ci siamo sistemati così: io sul letto, e lei per terra, in un angolo della stanza. Ogni tanto si svegliava, si metteva a piagnucolare con un filo di voce, andava a grattare alla porta. "Cuccia là!", le gridavo nel buio. Per un po' stava buona e tranquilla, un quarto d'ora, mezz'ora. Ma poi ricominciava. Una notte d'inferno, glielo assicuro! »

« Se voleva andar via, perché non l'ha lasciata andare? »

« Cosa vuole, la pigrizia. Mi seccava alzarmi, accompagnarla fino da basso... sa come succede. Non appena però ha fatto chiaro, mi sono affrettato ad accontentarla. Mi sono vestito, e l'ho accompagnata fuori. Già... l'ho accompagnata io, questa volta. Mi era venuto in mente che non sapesse come ritrovare la via di casa ».

« L'aveva incontrata dalle parti dell'Acquedotto, se non sbaglio ».

« Precisamente. Stia a sentire. Proprio in fondo a via Garibaldi, all'angolo che via Garibaldi fa con la Spianata, a un certo punto sento gridare: "Vampa!". Era un garzone di fornaio, un ragazzetto bruno, in bicicletta. La cagna gli si butta subito addosso, e non le dico l'altro, che abbracci e che baci. Insomma, grandi feste reciproche. E poi via, insieme, lui in bicicletta e lei dietro ».

« Le vede le donne? », scherzai.

« Eh, un poco sì! », sospirò. « Era già lontana, stavano quasi per imboccare via Piangipane, e si è voltata a guardarmi, ci crede?, come per dire: "Scusa se ti pianto, vecchio signore, ma debbo proprio andare con questo ragazzo qui, abbi pazienza!" »

Rise da solo, niente affatto amareggiato.

« Lei però non potrà mai indovinare », soggiunse, « per qual motivo durante la notte volesse andarsene ».

« Non mi dica che a tenerla sveglia era il pensiero dei piccoli ».

« E invece ha indovinato, guardi, proprio il pensiero dei piccoli! Le serve una prova? In camera mia, nell'angolo dove volevo che stesse, ho trovato più tardi una gran pozza di latte. Nel corso della nottata le era venuta la cosiddetta piena del latte: ecco perché non riusciva a quietarsi e si lamentava. Gli spasimi che deve aver provato li sa soltanto lei, povera bestia! »

Parlò ancora: della cagna, degli animali in genere e dei loro sentimenti, che sono così simili a quelli degli uomini – disse –, anche se, « forse », più semplici, più direttamente sottomessi all'imperio della legge naturale. Quanto a me, mi sentivo ormai sulle spine. Preoccupato che mio padre e mia madre, di certo tutti orecchi, capissero con chi stavo conversando, mi limitavo a rispondere a monosillabi. Speravo anche, in questo modo, di indurlo ad abbreviare. Ma niente. Pareva che non gli riuscisse di staccarsi dall'apparecchio.

Era giovedì. Combinammo di vederci il sabato seguente. Lui mi avrebbe telefonato subito dopo pranzo. Se faceva bello, avremmo preso il tram, e saremmo andati a Pontelagoscuro a vedere il Po. Dopo le ultime piogge il livello del fiume doveva essersi avvicinato di molto al segnale di guardia. Chissà che spettacolo!

Ma poi, finalmente accomiatandosi:

« Addio, caro amico... stia bene », ripeté più volte, commosso. « Buona fortuna a lei e ai suoi cari... »

17

Piovve tutto sabato e tutta domenica. Anche per questo motivo, forse, scordai la promessa di Fadigati. Non mi telefonò, e nemmeno io gli telefonai: ma per pura dimenticanza, ripeto, non già di proposito. Pioveva senza un attimo di tregua. Dalla mia camera, guardavo attraverso la finestra gli alberi del giardino. La pioggia torrenziale sembrava accanirsi particolarmente contro il pioppo, i due olmi, il castagno, ai quali veniva via via strappando le ultime foglie. Soltanto la nera magnolia, al centro, intatta e gocciolante in modo incredibile, godeva visibilmente dei rovesci d'acqua che la investivano.

Domenica mattina detti ripetizione di latino a Fanny. Aveva già ripreso la scuola, ma stentava con la sintassi. Mi fece vedere una traduzione dall'italiano piena zeppa di errori. Non capiva, e mi infuriai.

« Sei una cretina! »

Scoppiò in lacrime. Scomparsa l'abbronzatura del mare, la pelle del suo viso si era rifatta pallida, quasi diafana, tanto da lasciar trasparire alle tempie il blu delle vene. I capelli lisci le cascavano senza grazia sulle spallucce sussultanti.

Allora l'abbracciai e baciai.

« Si può sapere perché piangi? »

E le promisi che dopo pranzo l'avrei condotta al cinema.

Uscii solo, invece. Entrai all'*Excelsior*.

« Galleria? », chiese la cassiera, che mi conosceva, dall'alto del suo pulpito.

Era una donna di età indefinibile, bruna, riccioluta, formosa, molto incipriata e dipinta. Da quanti mai anni stava là, pigramente occhieggiante di sotto le palpebre pesanti, grottesco idolo borghese? L'avevo vista sempre: fin da quando, bambini, la mamma ci mandava al cinema con la donna di servizio. Andavamo per solito il mercoledì pomeriggio, perché giovedì non c'era scuola; e salivamo ogni volta in galleria.

La mano grassa, bianca, dalle unghie laccate, mi offriva il biglietto. C'era qualcosa di molto sicuro, di quasi imperioso, nella placidità di quel gesto.

« No, mi dia un posto di platea », risposi con freddezza, non senza dover vincere un imprevedibile senso di vergogna. E in quell'attimo medesimo mi tornò in mente Fadigati.

Porsi il biglietto alla maschera, penetrai nella sala, e nonostante la folla trovai subito da sedere.

Una strana inquietudine mi obbligava continuamente a distogliere gli occhi dallo schermo. Ogni tanto credevo di aver scorto attraverso il fumo e il buio la sua lobbia, il suo pastrano, le sue lenti scintillanti, e aspettavo con ansia crescente l'intervallo. Ma poi, ecco la luce. E allora, alla luce (dopo aver guardato in giro, nelle file di scanni dove più folte spiccavano le divise grigio-verdi, o nei corridoi di fianco, accanto ai pesanti tendaggi delle porte d'ingresso, e perfino lassù, in galleria, stipata fino al soffitto da giovanotti reduci dalla partita, da signore e signorine in cappello e pelliccia, da ufficiali dell'esercito e della Milizia, da signori d'età e di mezza età tutti più o meno sonnecchianti), allora, alla luce, dovevo ogni volta riconoscere che non si trattava di lui, lui non c'era. Non c'era, no – mi dicevo, tentando di rassicurarmi –. Ma perché mai avrebbe dovuto esserci? A Ferrara esistevano, dopo tutto, altri tre cinema. E nei cinema non era di sera, dopo cena, che lui aveva sempre preferito andarci?

Quando uscii, verso le sette e mezzo, non pioveva più. Lacerata a strappi, la coltre di nubi lasciava intravedere il cielo stellato. Un vento teso e caldo aveva rapidamente asciugato i marciapiedi.

Traversai il Listone, e presi per via Bersaglieri del Po. Dall'angolo di Gorgadello guardai di fianco verso le cinque finestre del suo appartamento. Tutto chiuso, tutto buio. Provai allora a telefonare dal vicino posto pubblico della T.I.M.O., in via Cairoli. Ma niente, silenzio, nessuna risposta.

Ritentai di lì a poco da casa, e di nuovo dalla T.I.M.O. il mattino successivo, lunedì: sempre con l'identico risultato.

« Sarà partito », mi dissi da ultimo, uscendo dalla cabina. « Quando tornerà, sarà certo lui a farsi vivo ».

Scendevo adesso per via Savonarola nella quiete soleggiata dell'una dopo mezzogiorno. Poche persone e sparse lungo i marciapiedi; dalle finestre aperte uscivano musichette di radio e sentori di cucina. Camminando, alzavo ogni tanto gli occhi in su, al cielo azzurro, perfetto, contro cui si incidevano duramente i profili dei cornicioni e delle grondaie. Ancora umidi di pioggia, i tetti intorno al piazzale della chiesa di San Girolamo apparivano più bruni che rossi, quasi neri.

Proprio davanti all'ingresso della Maternità mi imbattei in Cenzo, il giornalaio.

« Come va la *S.P.A.L.*, quest'anno? », gli chiesi, fermandomi a comperare il *Padano*. « Ce la facciamo a passare in B? »

Sospettoso forse che lo prendessi in giro, mi dette un'occhiata di traverso. Piegò il giornale, me lo porse insieme col resto, e se ne andò, urlando a squarciagola i titoli.

« Clamorosa sconfitta del *Bologna* a Torinooo! La *S.P.A.L.* esce imbattuta dal terreno di Carpiii! »

Infilavo la chiave nella serratura del portone di casa, e udivo ancora la sua voce lontana echeggiare per le vie deserte.

Di sopra trovai la mamma tutta allegra. Mio fratello Ernesto aveva telegrafato da Parigi, avvisando che sarebbe rientrato in Italia la sera stessa. Si sarebbe fermato a Milano mezza giornata, quella di domani. Contava comunque di essere a Ferrara per cena.

« E il papà l'ha saputo? », domandai, leggermente urtato dalle sue lacrime di gioia, e senza smetterla di esaminare il foglio giallo del telegramma.

« No. È uscito alle dieci. Doveva andare prima in Comunità, poi in banca, e il telegramma è arrivato verso le undici e mezzo. Chissà come sarà contento! Questa notte non riusciva a dormire. Diceva tutti i momenti: "Almeno Ernesto fosse a casa anche lui!" »

« Ha telefonato nessuno, per me? »

« No... o meglio sì, aspetta... »

Contrasse il viso nello sforzo di ricordare, e intanto guardava a destra e a sinistra: come se il nome della persona che aveva telefonato avesse potuto leggerlo scritto sul pavimento o sulle pareti.

« Ah, sì... Nino Bottecchiari... », disse alla fine.

« E nessun altro? »

« Mi pare di no. Nino si è molto raccomandato che tu gli telefoni... Perché non lo cerchi, qualche volta? Ha l'aria di essere un buon amico ».

Ci mettemmo a tavola noi due soli (Fanny non c'era, una compagna di scuola l'aveva invitata a pranzo). La mamma parlava di Ernesto. Già cominciava a preoccuparsi. Si sarebbe iscritto a legge o a medicina? E se avesse preso ingegneria, invece? In ogni caso l'inglese, che ormai doveva conoscere alla perfezione, gli sarebbe tornato senza dubbio utilissimo: negli studi, e nella vita...

Quel giorno mio padre tardò più del solito. Quando arrivò, eravamo già alla frutta.

« Grandi notizie! », esclamò, spalancando la porta del tinello.

Si lasciò cadere di peso sulla sua sedia con un « aah! » di soddisfazione. Era stanco, pallido, ma raggiante.

Guardò verso la porta di cucina per sincerarsi che Elisa, la cuoca, non stesse entrando in quel momento. Quindi, sbarrando per l'eccitazione gli occhi azzurri, si allungò tutto al di sopra del tavolo con l'evidente proposito di vuotare il sacco.

Non ci riuscì. La mamma fu pronta a mettergli sotto il naso il telegramma spiegato.

« Anche noi abbiamo delle notizie importanti », disse, e sorrideva orgogliosa. « Che cosa ne dici? »

« Ah... è di Ernesto », fece il papà, distratto. « Quando arriva? Si è deciso, finalmente! »

« Come, quando arriva! » gridò la mamma, offesa. « Non hai letto? Domani sera, no? »

Gli strappò di mano il telegramma. Imbronciata, cominciò a ripiegarlo con cura.

« Non sembra neanche che si tratti di suo figlio! », brontolava a occhi bassi, mentre riponeva il telegramma nella tasca del grembiule.

Il papà si volse a guardarmi. Pieno di rabbia, invocava la mia testimonianza e il mio soccorso. Ma io tacevo. C'era qualcosa che mi impediva di intervenire, di conciliare quel piccolo bisticcio infantile.

« Su, sentiamo », accondiscese infine la mamma, però con l'aria di fare un piacere soprattutto a me.

18

Le novità che mio padre aveva da comunicarci erano le seguenti.

Mezz'ora prima, al Credito Italiano, gli era capitato di incontrare per caso l'avvocato Geremia Tabet, il quale, come noi ben sapevamo, non soltanto era sempre stato « dentro alle segrete cose » della Casa del Fascio di Ferrara, ma notoriamente godeva anche dell'« amicizia » e della stima di Sua Eccellenza Bocchini, il Capo della Polizia.

Mentre uscivano assieme dal *Credito*, Tabet aveva preso sottobraccio mio padre. Di recente era stato a Roma per affari – gli aveva confidato –: occasione, questa, che gli aveva dato modo di « mettere un momento il naso » di là dalla soglia del Viminale. Dati i tempi e le circostanze, pensava che il segretario particolare di Sua Eccellenza non lo avrebbe nemmeno annunciato. Invece no. Il prefetto dottor Corazza lo aveva subito introdotto nella gran sala dove il « padrone » lavorava.

« Caro avvocato! », aveva esclamato Bocchini, scorgendolo entrare.

Si era alzato, gli era venuto incontro a metà del salone, gli aveva stretto calorosamente la mano, lo aveva fatto accomodare in una poltrona. Dopodiché, senza tanti preamboli, aveva affrontato la questione delle ventilate leggi razziali.

« Conservi pure la sua bella calma, Tabet », così si era espresso, « e induca alla tranquillità e alla fiducia, la prego, il maggior numero possibile di suoi correligionari. In Italia, *sono autorizzato a garantirglielo*, una legislazione sulla razza non sarà mai varata ».

I giornali, è vero, parlavano tuttora male degli « israeliti » – aveva continuato Bocchini –; ma unicamente per ragioni superiori, ne parlavano male, per ragioni di politica estera. Bisognava capire. In quegli ultimi mesi il Duce era venuto a trovarsi nella necessità « im-pre-scin-di-bi-le » di far credere alle democrazie occidentali che l'Italia fosse ormai legata a filo doppio con la Germania. Quale argomento avrebbe dunque potuto trovare più persuasivo di un po' di antisemitismo? Stessimo tranquilli. Sarebbe bastato un contrordine dello stesso Duce, e tutti i cani da pagliaio tipo Interlandi e Preziosi (il Capo della Polizia ostentava nei riguardi di costoro un sommo disprezzo) l'avrebbero piantata da un giorno all'altro di abbaiare.

« Speriamo! », sospirò la mamma, i grandi occhi marrone rivolti verso il soffitto. « Speriamo che Mussolini si decida a darlo presto, il suo contrordine! »

Entrò l'Elisa col piatto ovale della pasta asciutta, e mio padre tacque. A questo punto scostai la seggiola. Tiratomi su, mi avvicinai al mobiletto della radio. Accesi. Spensi. Infine mi sedetti nella poltroncina di vimini, lì accanto.

Per quale motivo non partecipavo alle speranze dei miei? Che cosa c'era nel loro entusiasmo che non mi andava? « Dio, Dio... », dicevo fra me, serrando i denti. « Appena l'Elisa sarà uscita da questa stanza, sento che il papà ripiglierà a parlare ».

Ero disperato, assolutamente disperato. E certo non perché dubitassi che il Capo della Polizia avesse mentito, ma per aver visto mio padre subito così felice, o meglio così smanioso di tornare felice. Dunque era proprio questo che non sopportavo? – mi chiedevo –. Non sopportavo che lui fosse contento? Che il futuro gli sorridesse di nuovo come una volta, *come prima*?

Trassi di tasca il giornale e, data una scorsa alla pagina d'apertura, passai direttamente a quella sportiva. Inutile. Nonostante ogni mio sforzo di concentrare l'attenzione sulla cronaca della partita *Juventus-Bologna*, conclusasi a Torino, appunto come avevo udito gridare da Cenzo, con la « clamorosa sconfitta » del *Bologna*, niente, la testa mi sfuggiva sempre via.

La gioia di mio padre — pensavo – era quella dello scolaretto ingiustamente espulso, il quale, richiamato indietro per ordine del maestro dal corridoio deserto dove rimase per un poco di tempo in esilio, si trovi, a un tratto, contro ogni sua aspettativa, riammesso in aula fra i cari compagni: non soltanto assolto, ma riconosciuto innocente e riabilitato in pieno. Ebbene non era giusto, in fondo, che mio padre gioisse come quel bambino? Io però no. Il senso di solitudine che mi aveva sempre accompagnato in quei due ultimi mesi diventava se mai, proprio adesso, ancora più atroce: totale e definitivo. Dal mio esilio non sarei mai tornato, io. Mai più.

Levai il capo. L'Elisa se ne era andata, la porta di cucina appariva di nuovo ben chiusa. Tuttavia mio padre continuava a tacere, o quasi. Curvo sul suo piatto, si limitava a scambiare ogni tanto qualche frase senza importanza con la mamma, che gli sorrideva compiaciuta. Lunghi raggi di un sole già pomeridiano trafiggevano la penombra del tinello. Venivano dal salotto attiguo, che ne traboccava. Quando avesse finito di mangiare, mio padre si sarebbe ritirato di là, a dormire steso sopra il divano di pelle. Lo vedevo. Separato, là, chiuso, protetto. Come dentro un roseo bozzolo luminoso. Col viso ingenuo offerto alla luce, dormiva avvolto nella sua mantella...

Tornai al mio giornale.

Ed ecco, in fondo alla pagina di sinistra, di riscontro a quella sportiva, gli occhi mi caddero su un titolo di media grandezza.

Diceva:

NOTO PROFESSIONISTA FERRARESE
ANNEGATO NELLE ACQUE DEL PO
PRESSO PONTELAGOSCURO

Credo che per qualche secondo il cuore mi si fermasse. Eppure non avevo capito bene, ancora non mi ero reso ben conto.

Respirai profondamente. E adesso capivo, sì, avevo capito già prima che cominciassi a leggere il mezzo colonnino sotto il titolo, il quale non parlava affatto di suicidio, s'intende, ma, secondo lo stile dei tempi, soltanto di disgrazia (a nessuno era lecito sopprimersi, in quegli anni: nemmeno ai vecchi disonorati e senza più ragione alcuna di restare al mondo...).

Non finii di leggerlo, comunque. Abbassai le palpebre. Il cuore aveva ripreso a battere regolare. Aspettai che l'Elisa, riapparsa per un attimo, ci lasciasse un'altra volta soli, e poi, quietamente, ma subito:

« È morto il dottor Fadigati », dissi.

Nota

di Anna Dolfi

Costanti tematiche e strutturali percorrono la narrativa di Giorgio Bassani e fanno del *Romanzo di Ferrara* un'opera unitaria, coerente, sigillata in una conclusione esemplare, tesa a uno stesso mondo e a una stessa ricerca benché articolata e diversificata in più libri. **Gli occhiali d'oro** svolgono in questo *iter* d'autore un ruolo essenziale. E non solo perché Bassani per la prima volta pensò a una storia che avesse lo spazio, il respiro, l'autonomia del romanzo, ma perché con l'apparizione dell'*io* protagonista – novità dominante del libro – il *Romanzo di Ferrara* cominciò a fondarsi, a prospettare la propria durata, a configurarsi non solo come entità narrativa ma lirica. Le *Cinque storie ferraresi* (o *Dentro le mura*, per chiamarle col titolo successivo della riscrittura) avevano offerto della città padana soprattutto l'ambiente, la scena, le vicende; l'autore aveva osservato dall'esterno i personaggi muoversi su un palcoscenico ove la vita era ricostruita dal suo rigore di storico capace di conoscere e accettare l'impenetrabilità dei sentimenti umani ma non l'imprevedibilità, l'intima contraddittorietà del destino. *Gli occhiali d'oro* proprio in quest'ultima direzione andranno più avanti: l'introduzione dell'*io* muta le distanze, intreccia le prospettive, il tempo della storia si incontra e divarica significativamente da quello della biografia, la coralità e il raccontare oggettivo lasciano luogo a un esplicito coinvolgimento di lettura. Si intensificano allora i dialoghi, il libro lascia spazio anche ai piccoli momenti presenti, mentre si scopre il volto borghese, conformista della città e dei suoi abitanti e il motivo dell'esclusione, già altrove felicemente esperito, si fonde e invera, sullo sfondo di tragedie indidivuali e storiche, nei due grandi temi decadenti dell'omosessualità e dell'ebraismo, utilizzati ed agiti da Bassani, senza partecipazione politico-ideologica, solo come strumenti per qualificare in una realtà storica precisa le modalità diverse dall'emarginazione, i confini convenzionali e sociali della normalità, l'oscillazione e il dramma di un'identità che può acquietarsi e riconoscersi soltanto nella fusione e l'inserimento nel mondo, pur crudele, degli altri. Racconto di clamorose e sofferte diversità. *Gli occhiali d'oro* sono la storia di una ricerca e di un tentativo di uguaglianza destinati a fallire, l'invito a una tolleranza successiva che nasca dall'aver visto dovunque responsabilità, l'intermittente parabola di un'ansia di normalità vissuta proprio nel periodo fascista, quando sugli echi della musica, del *Tristano* wagneriano, più volte ricorrenti nel libro, già si profilavano il clamore e il silenzio dell'eccidio bellico.

Indice

OSCAR CLASSICI MODERNI

Pirandello, Il fu Mattia Pascal
Christie, Dieci piccoli indiani
Kafka, Il processo
Chiara, Il piatto piange
Fitzgerald, Il grande Gatsby
Forster, Passaggio in India
Bernanos, Diario di un curato di campagna
Mann Th., La morte a Venezia - Tristano - Tonio Kröger
Svevo, La coscienza di Zeno
Joyce, Gente di Dublino
Asimov, Tutti i miei robot
García Márquez, Cent'anni di solitudine
Silone, Fontamara
Hesse, Narciso e Boccadoro
Woolf, La signora Dalloway
Bradbury, Fahrenheit 451
Bassani, Il giardino dei Finzi-Contini
Mitchell, Via col vento
Orwell, 1984
Kerouac, Sulla strada
Hemingway, Il vecchio e il mare
Pirandello, Sei personaggi in cerca d'autore - Enrico IV
Remarque, Niente di nuovo sul fronte occidentale
Buzzati, Il deserto dei Tartari
Vittorini, Uomini e no
Palazzeschi, Sorelle Materassi
Greene, Il potere e la gloria
Deledda, Canne al vento
Böll, Opinioni di un clown
Lawrence D.H., L'amante di Lady Chatterley
Sartre, La morte nell'anima
Faulkner, Luce d'agosto
D'Annunzio, Il Piacere
Tobino, Le libere donne di Magliano
Bellow, Herzog
Huxley, Il mondo nuovo - Ritorno al mondo nuovo
Malaparte, La pelle
Montale, Ossi di seppia
Bulgakov, Il Maestro e Margherita
Saint-Exupéry, Volo di notte

Quasimodo, Ed è subito sera
Hamsun, Fame
Pratolini, Cronaca familiare
Bellonci, Segreti dei Gonzaga
Proust, Un amore di Swann
Beauvoir, Il sangue degli altri
Ungaretti, Vita d'un uomo. 106 poesie 1914-1960
Masters, Antologia di Spoon River
Golding, Il Signore delle Mosche
Alain-Fournier, Il grande amico
Saba, Poesie scelte
Musil, I turbamenti del giovane Törless
Svevo, Una vita
Mauriac, La farisea
Freud, Totem e tabù
Nietzsche, Così parlò Zarathustra
Buzzati, La boutique del mistero
Strindberg, Il figlio della serva
Shaw, Pigmalione
Hesse, Racconti
Schnitzler, Il dottor Gräsler medico termale
D'Annunzio, Le novelle della Pescara
Gibran, Il Profeta - Il Giardino del Profeta
Orwell, Omaggio alla Catalogna
Updike, Corri, coniglio
Kafka, La metamorfosi
Hemingway, I quarantanove racconti
Silone, Il segreto di Luca
Mann Th., I Buddenbrook
Svevo, Senilità
Woolf, Gita al Faro
Bacchelli, Il diavolo al Pontelungo
García Márquez, L'amore ai tempi del colera
Borgese, Rubè
Zweig, Il mondo di ieri
Miller, Paradiso perduto
Calvino, Marcovaldo
Mishima, L'età verde
Schnitzler, La signorina Else
Orwell, La fattoria degli animali
Gide, I sotterranei del Vaticano
Naipaul, Alla curva del fiume
Buzzati, Sessanta racconti
Steinbeck, La valle dell'Eden
Radiguet, Il diavolo in corpo
Piovene, Le stelle fredde
Solženicyn, Arcipelago Gulag
Tozzi, Con gli occhi chiusi
Bulgakov, Cuore di cane
Duras, L'amore
Slataper, Il mio Carso
Malaparte, Kaputt
Tobino, Per le antiche scale
Panzini, Il padrone sono me!
Andrić, Il ponte sulla Drina
Buck, La buona terra
Manzini, Ritratto in piedi
Döblin, Giganti
Bellow, Il re della pioggia
Rilke, I quaderni di Malte Laurids Brigge
Kawabata, La casa delle belle addormentate
García Lorca, Lamento per Ignazio Sánchez Mejías
Silone, Vino e pane
Kafka, America

Woolf, Orlando
Hemingway, Per chi suona la campana
Sereni, Diario d'Algeria
Styron, La scelta di Sophie
Koestler, Buio a mezzogiorno
Pratolini, Cronache di poveri amanti
Leavitt, Ballo di famiglia
Fromm, Avere o essere?
Bonaviri, Il sarto della stradalunga
Wilder, Il ponte di San Luis Rey
Miller, Tropico del Cancro
Ginsberg, La caduta dell'America
Apollinaire, Alcool - Calligrammi
Joyce, Dedalus
Bassani, Gli occhiali d'oro
Doctorow, Ragtime
Bacchelli, Il mulino del Po
Hesse, Il lupo della steppa
Mann, Doctor Faustus
Vittorini, Il garofano rosso
Caldwell, Il bastardo
Maugham, Schiavo d'amore
Lawrence, Figli e amanti
Pratolini, Le ragazze di Sanfrediano
Palazzeschi, Il Codice di Perelà
Styron, Le confessioni di Nat Turner
Forster, Camera con vista
Mann H., Il professor Unrat (L'angelo azzurro)
Pound, Cantos scelti
Lewis C.S., Le lettere di Berlicche
Monod, Il caso e la necessità
Gandhi, Antiche come le montagne
Bontempelli, La vita intensa - La vita operosa
Hesse, Il giuoco delle perle di vetro
Gozzano, I colloqui
La Capria, Ferito a morte
Bevilacqua, La califfa
Miller, Tropico del Capricorno
Hammett, Spari nella notte
Bradbury, Cronache marziane
Roth, Lamento di Portnoy
Saroyan, Che ve ne sembra dell'America
Nizan, Aden Arabia
AA.VV., Racconti fantastici argentini
Yourcenar, Care memorie
Pavese, La bella estate
Amado, Gabriella, garofano e cannella
Byatt, Possessione
AA.VV., I poeti crepuscolari
Bonelli - Galleppini, Il passato di Tex
AA.VV., Racconti fantastici del Sudamerica
Gaddis, Le perizie
Joyce, Ulisse
AA.VV., Cieli australi
Romano, L'ospite
De Maria (a cura di), Filippo Tommaso Marinetti e il futurismo
Brodkey, Storie in modo quasi classico
Brancati, Il bell'Antonio
Dazai - Kawabata - Ōe - Endō e altri, Cent'anni di racconti dal Giappone

OSCAR CLASSICI

Maupassant, Racconti fantastici
Baudelaire, I fiori del male
Austen, Orgoglio e pregiudizio
Goldoni, Il teatro comico - Memorie italiane
Verga, Mastro don Gesualdo
Verga, Tutte le novelle
Goffredo di Strasburgo, Tristano
Leopardi, Zibaldone di pensieri
Wilde, Il ritratto di Dorian Gray
Shakespeare, Macbeth
Goldoni, La locandiera
Calvino (a cura di), Racconti fantastici dell'Ottocento
Verga, I Malavoglia
Poe, Le avventure di Gordon Pym
Chrétien de Troyes, I Romanzi Cortesi
Carducci, Poesie scelte
Melville, Taipi
Manzoni, Storia della colonna infame
De Amicis, Cuore
Fogazzaro, Piccolo mondo moderno
Fogazzaro, Malombra
Maupassant, Una vita
Manzoni, Poesie
Dostoevskij, Il sosia
Petrarca, Canzoniere
Wilde, De profundis
Fogazzaro, Il Santo
Stevenson, Lo strano caso del dottor Jekyll e del signor Hyde
Poe, Racconti del terrore
Poe, Racconti del grottesco
Poe, Racconti di enigmi
Malory, Storia di Re Artù e dei suoi cavalieri
Alighieri, Inferno
Alighieri, Purgatorio
Alighieri, Paradiso
Flaubert, Salambò
Pellico, Le mie prigioni
Fogazzaro, Piccolo mondo antico
Verga, Eros
Melville, Moby Dick
Parini, Il giorno
Goldoni, Il campiello - Gl'innamorati

Farīd Ad-dīn 'Aṭṭār, Il verbo degli uccelli

Alighieri, Vita Nova

Ignacio de Loyola, Esercizi spirituali

Tolstòj, La sonata a Kreutzer

Conrad, Cuore di tenebra

Brontë A., Agnes Grey

AA.VV., Bhagavad Gītā

Baudelaire, Diari intimi

Shakespeare, Tutto è bene quel che finisce bene

Cartesio, Discorso sul metodo

Barrie, Peter Pan

Hardy, Il ritorno del nativo

Stendhal, Armance

Flaubert, Madame Bovary

Twain, Le avventure di Tom Sawyer

Balzac, Addio

Wilde, Aforismi

Dostoevskij, La mite

Dostoevskij, Il giocatore

Hugo, Notre-Dame de Paris

Stevenson, La Freccia Nera

Shakespeare, Il mercante di Venezia

Ruskin, Le pietre di Venezia

Vamba, Il giornalino di Gian Burrasca

Piranesi, Vedute di Roma

Wilde, Il Principe Felice

Wilde, Autobiografia di un dandy

Carroll, Le avventure di Alice nel Paese delle Meraviglie - Attraverso lo specchio

Boccaccio, Amorosa Visione

Stevenson, Weir di Hermiston

Balzac, Papà Goriot

London, Zanna Bianca

Conrad, Nostromo

Labé, Il canzoniere

MacDonald, La favola del giorno e della notte

Piacentini (a cura di), L'Antico Egitto di Napoleone

Verdi, Libretti - Lettere 1835-1900

Defoe, Diario dell'anno della peste

Goethe, Lieder

Shakespeare, La bisbetica domata

Stevenson, L'Isola del Tesoro

Collodi, Le avventure di Pinocchio

Baudelaire, La Fanfarlo

Shelley P.B., Poemetti veneziani

Hawthorne, La Casa dei Sette Abbaini

De Amicis, Amore e ginnastica

Ruskin, Mattinate fiorentine

Dumas A. (padre), Vent'anni dopo

Dumas A. (padre), I tre moschettieri

James, Daisy Miller

Canaletto, Vedute veneziane

Balzac, Ferragus

Flaubert, Novembre

Keats, Il sogno di Adamo

AA.VV., Canzoni di Crociata

Casanova, La mia fuga dai Piombi

Sienkiewicz, Quo vadis?

Poe, Il pozzo e il pendolo e altri racconti

Cattaneo, Dell'insurrezione di Milano nel 1848

Shakespeare, Romeo e Giulietta

«Gli occhiali d'oro»
di Giorgio Bassani
Oscar classici moderni
Arnoldo Mondadori Editore

Questo volume è stato stampato
presso Mondadori Printing S.p.A.
Stabilimento NSM - Cles (TN)
Stampato in Italia - Printed in Italy

49292
2002